Rizzoli

Yuri Sterrore

Amici stretti

Rizzoli

Pubblicato per

Rizzoli

da Mondadori Libri S.p.A.

Pubblicato in accordo con One Shot Agency

ISBN 978-88-17-15733-9

Prima edizione: luglio 2021

Amici stretti

Dedicato a chi ha non ha paura di essere se stesso

Prologo
Pensieri sparsi

Sono sdraiato nella vasca ma non è da me. Io sono uno che preferisce la doccia, che preferisce venirne a capo subito. La vasca la trovo una perdita di tempo. Sono uno che detesta perdere tempo. Però ora che sono immerso è come se fossi fuori dal mondo, come se non esistessi. E mi ritrovo a fare strani pensieri, come: lo scrosciare dell'acqua calda è uno di quei suoni che digitalizzati perdono di bellezza, cioè, okay possiamo ascoltare il ticchettio della pioggia da YouTube, o in alcuni video ambient, o tramite un audio WhatsApp addirittura chiedere ad Alexa di metterlo come sottofondo. Ma non sarà mai la stessa cosa, non è come provarlo sulla propria pelle.

Tutto ciò che è digitale, non è reale.

I social non sono reali.

Detto fatto. Lo schermo del mio iPhone si illumina, e mi segnala che qualcuno mi ha appena messo un cuore su Instagram. Ormai la rivoluzione si fa a colpi di like, e un commento sotto a un post può davvero cambiarti in meglio la giornata (o anche rovinartela).

Voglio dire, oggi abbiamo una marea di finali alternativi perché ogni nostra azione digitale, che sia un like, un messaggio, una chiamata, apre a mille possibilità. Se leggi i commenti femminili sotto al nuovo selfie ammiccante del tuo ex, la tua giornata andrà in un modo.

Se ignori la foto del tuo ex, e decidi di scrivere in direct alla tua migliore amica per una cena al femminile, la tua giornata andrà in un altro modo, sarà un po' meno di merda.

Semplice, no?

Ma sapete, di tutti i finali possibili che può prendere la nostra vita, ce n'è solo uno che realmente ci interessa: il gran lieto fine.

Lo cerchiamo disperatamente ogni giorno, il momento in cui potremo definirci soddisfatti, che spesso (non per tutti ma per molti) coincide con: indipendenza economica, relazioni gratificanti, un lavoro appagante, almeno tre settimane di vacanza l'anno, un cane educato, e un frigorifero carta da zucchero della SMEG (ho detto frigorifero, non lavatrice, non sto citando *Trainspotting*).

Comunque, questa è la fine della mia storia, gran finale o meno, sarete voi a deciderlo.

Ma facciamo un passo indietro, torniamo all'inizio. Prima ancora che conoscessi Irene.

E prima che il mio stesso cuore anatomico, non virtuale, mi inviasse una notifica: "Ehi! Forse la ami! Stai facendo una cazzata".

I

Gabriele

La faccia da bravo ragazzo l'ho ereditata da mio padre, che a sua volta l'ha ereditata da mio nonno, Saverio Borghetti, insieme alla BS: la redditizia azienda di famiglia che ci ha finanziato la villa in Sardegna e la baita a Cervinia (con il tapis roulant vista montagne a prova di storie Instagram). BS sta per Borghetti Sanitari, e l'azienda in sostanza produce... oddio, come posso dirvelo senza far finire l'intera conversazione in merda... produce... no, non c'è altro modo: produce dignitosi cessi chimici per i concerti indie, quelli dal pubblico maschile con le barbe pettinate e dal pubblico femminile con le gonne da concertone del 1° maggio *state of mind*. Insomma, quelli che si bevono un botto di birra-pochi-euro-tanti-gradi e dei bagni fanno un uso "più che dignitoso" come direbbe nonno Saverio. Ma non è sempre stato così, quando nonno ha tirato su l'azienda produceva tutt'altro.

Nonno Saverio è la persona migliore che conosca. Da giovane somigliava tantissimo a Leonardo DiCaprio in *Titanic*, quando Leo era ancora magro insomma. Nonno aveva quello sguardo un po' sperduto che faceva impazzire le ragazze della Milano anni '30. Loro lo spiavano dietro gli occhiali da sole vintage, ammiccando dolci sorrisi.

È stato davvero un colpo di fortuna che, tra tutte, nonno Saverio sia finito proprio con mia nonna; e che poi sia nato mio padre. Tra l'altro il parto, mi aveva raccontato nonna, era stato talmente travagliato che alla fine papà lo avevano chiamato Fortunato.

Mia nonna, ai tempi, era probabilmente l'unica donna di Milano a cui mio nonno non piaceva. A quanto pare Saverio era troppo "un bravo ragazzo" per lei, e quando lui la invitò al cinema lei disse che i sedili le facevano venire mal di schiena. E quando lui la invitò a mangiare un gelato in Porta Romana, lei affermò che era una tipa da salato non da dolce. Allora mio nonno propose un pranzo di pesce e lei gli confessò che le sembrava un *po' troppo* come primo appuntamento.

Oggi i maschietti frustrati la chiamerebbero "rompicoglioni", "figa di legno" e tanti altri bellissimi appellativi, ma in quegli anni là gli uomini erano per lo più gentiluomini, e mia nonna era, se mai, una *femme fatale*. Però che bello sarebbe dire: "Mia nonna era una figa di legno!".

Comunque, tornando a noi, la mia fortuna fu che mio nonno non comprese il rifiuto, così si presentò una domenica dopo la messa davanti a casa sua, con il completo buono.

Di Saverio s'innamorò subito la famiglia di mia nonna prima di lei. Nonna ci mise un po'di tempo a prenderlo sul serio, lo mise sotto esame, che test di ingresso per l'università un paio di balle. Cambiò idea quando una sera, tornando dal cinema, un tizio cercò di rubarle la borsetta e mio nonno corse così veloce da superarlo. Il tizio gliela restituì e si mise a piangere, non era nemmeno maggiorenne. Mio nonno consegnò la borsetta a mia nonna e diede diecimila lire al tipo (che ai tempi erano tantissime e mio nonno non era di certo ricco a quell'epoca: lavorava come operaio in una fabbrica di scatole di scarpe) gli disse di tornare davanti al cinema ogni primo del mese, che gliene avrebbe dati altri se non avesse rubato più.

Mio nonno aveva, e ha, un gran cuore.

Mia nonna si dimenticò del fascino di tutti i *bad boys* per cui aveva avuto una cotta, quelli che oggi si fanno i selfie davanti allo specchio, che a quattordici anni avevano il motorino truccato, a trenta suonati dicono ancora cose come: “Oh, zio, visto che zinne quella?” e che oggi sono indubbiamente stempiati, perché a sedici anni si piastravano i capelli prima di andare in disco.

Comunque, mia nonna capì che la gentilezza può essere molto più sexy.

E che avanguardia direi, avrei un paio di persone a cui spiegarlo... voi?

Questa storia però parla di me, ahimè, non di mio nonno, e anche se io non sono nemmeno lontanamente attraente e affascinante quanto lo era lui, proverò comunque a conquistare un po’ della vostra attenzione.

Se poi non ci riesco, è perché siete delle fighe di legno (scherzo, io non sono quel tipo di uomo).

Mi chiamo Gabriele, sono alto un metro e ottanta, ho gli occhi chiari e i capelli biondi, sempre pettinati all’indietro, sono un bel ragazzo ma senza fascino, sono ricco da far schifo e sono stato lasciato esattamente un anno fa. E questo non me lo ricordo perché ho appuntato la data del mio abbandono sulle note del cellulare, ma perché il giorno in cui G. mi ha lasciato io compivo esattamente trent’anni, e lei se ne è andata con uno stronzo, un artista tanto famoso quanto cafone: Giulio Monachesi.

E lei se lo ricordava, eccome. Ma è sempre stata un tantino egoista.

Il giorno in cui si compie trent'anni è anche quello in cui ci si fanno un sacco di domande esistenziali: come si pulisce davvero il parquet? Il Domopak va nella plastica? Il cartone della pizza è indifferenziata? (Non che io l'abbia mai buttata la pattumiera, abbiamo la donna delle pulizie che viene una volta al giorno.) E le bollette si pagano anche tramite app (o solo tramite il portafoglio dei tuoi genitori)? Il giubbotto va in lavatrice (l'anticalcare è essenziale?) o si rovina? Ma soprattutto: ogni quanto si lavano i cappotti? Durante il solstizio d'inverno?

A scuola nessuno me ne ha mai parlato, però, ragazzi, ho studiato sia alle elementari, sia alle medie e sia alle superiori l'australopiteco, e so tutto del cranio dell'uomo preistorico.

Ma un anno in meno di *Homo erectus* e un anno in più di educazione alla vita?

Insomma, a me tutte queste cose fanno venire l'ansia. Ma ho comunque provato a rispondere alle VERE domande che ti fai a trent'anni, quelle di cui mi ha accusato G. prima di lasciarmi:

- Non ho trovato un lavoro che mi piace perché lavoro già per l'azienda di mio padre (che prima era di mio nonno). L'azienda ci ha resi ricchi, e da me si sono sempre aspettati che prendessi il posto di papà. *Easy*.
- No, non voglio andare a vivere da solo perché in pratica vivo già da solo: la casa dei miei genitori è così grande che a volte devo usare il cellulare per chiamarli e chiedergli in che stanza sono. *Easy* x2.

Di tutte le cose che G. mi ha rinfacciato ne ha tralasciata una, forse fondamentale. Non mi ha detto che aveva già un altro. Da un anno.

Mi sfilo la tracolla di pelle e l'appoggio sulla scrivania, mi specchio nel portamatite argentato. Sistemo i RayBan sul naso e raddrizzo il colletto della camicia. Attorno a me, gli altri dipendenti lavorano con le teste chine sui loro computer. Non sono mai riuscito a costruire un rapporto sincero con loro, in quanto capo e in quanto figlio del capo supremo mi odiano tutti a parte il mio segretario, Simone. Qualche mese fa nel mio bagno personale c'è stata una perdita, ho dovuto usare quello dei dipendenti. Quando mi hanno visto dirigermi verso la porta dei servizi oltre al corridoio in ufficio è sceso il gelo. Sul momento non ne ho capito il motivo, ma dopo essermi chiuso la porta alle spalle mi è stato fin troppo chiaro. Sulla porta del cesso c'era scritto, con un pennarello indelebile, *Gabriele sei un fallito* più in basso... *Gabriele cambiati la cravatta* Mi sono portato una mano sul tessuto di raso attorno al collo, la mia cravatta blu di Armani mi ha quasi strozzato. Non vi riporterò le altre citazioni marchiate a pennarello indelebile sulla porta del bagno, perché immagino vi siate già fatti un'idea.

«Gabriele, scusa se ti disturbo ma prima della riunione ci sarebbe da sentire Marco Ginestri...» Simone, il mio segretario, attende in bilico su di un piede, come un fenicottero.

«Arrivo subito, mi prendo un caffè e lo raggiungo...»

Ne approfitto per fare mente locale. Dieci anni fa mio padre fece restaurare l'azienda abbattendo i muri che mio nonno Saverio aveva sapientemente costruito. Ora, mi spiegate come faccio a licenziare qualcuno in un open space? È come decidere di piantare il proprio fidanzato al cinema, durante la proiezione di un film, mentre gli altri spettatori commentano la vostra interpretazione: "Ti lascio perché sei troppo bello per me e non mi sento alla tua altezza".

"E l'Oscar per la miglior scusa di merda va aaaaa... voi!"

«Simone, scusami...» richiamo l'attenzione del mio fidato segretario, davanti a tutti.

«Potresti per cortesia dire a Marco Ginestri di aspettarmi al bar qui davanti? Voglio prendere il caffè lì perché è più buono che alla macchinetta...»

Marco Ginestri, due file di scrivanie più in là, mi guarda alzando un sopracciglio.

«Ma certo...» risponde invece Simone, con un sorriso che si nasconde dietro a lungo sospiro, poi si avvia verso la scrivania di lui. «Marco, Gabriele mi ha chiesto di dirti...»

«Grazie Simone, ho sentito.»

Evito lo sguardo bellicoso di Marco Ginestri, pochi metri da me, e mi sudano già le mani. Mi sfilo l'anello di Gucci che mi ha regalato mia zia per l'ultimo compleanno. Me lo metto in tasca.

Non sono adatto a licenziare le persone, non sono neanche capace di lasciare le fidanzate. E soprattutto io non ho mai voluto fare il capo, non sono capace a dire di no e non ho mai chiesto di ereditare questa azienda a mio padre.

Marco Ginestri si alza lentamente, lo sento perché sposta la sedia girevole e poi la riavvicina al tavolo con un cigolio drammatico. Attraversa l'ufficio silenzioso fino alla porta di vetro scorrevole, mi aspetta al bar, e a me lui sembra John Ford in uno di quei film che nonno ama tantissimo, di Sergio Leone, in cui il protagonista è diretto al saloon, e ha una pistola infilata nei pantaloni.

Prima di raggiungere Marco vado nel mio bagno privato e mi fumo due sigarette, una dietro l'altra. Quando devo prendere delle decisioni divento estremamente nervoso, e siccome non sono in grado di arrabbiarmi con il prossimo, finisco per prendermela con me stesso, e con i miei polmoni.

Ah, tra l'altro, fumo come una ciminiera, ve ne accorgerete.

Fumo così tanto che vi farò venire la nausea, e probabilmente se siete dei fumatori smetterete di fumare per la disperazione, se non lo siete farete smettere di fumare i vostri amici e parenti.

Ma il fumo è l'unico modo che conosco per sfogare le mie frustrazioni (lo so perché sono stato dodici anni in analisi, alla fine il mio psicologo è invecchiato e ha preferito andare in pensione che tenermi in terapia, era più facile).

Aspiro il fumo pungente della seconda sigaretta e sento pizzicarmi la gola come al solito.

Sono pronto.

2

Irene

Un giorno prima

«Vedrai che andrà benissimo!» dico a Marco, prima che esca di casa. È un po' spaventato dall'incontro con il suo capo domani in ufficio, lui gli ha anticipato che dovranno affrontare una questione molto urgente. Spero sia una promozione, lo spero davvero... così finalmente lui e Camilla potranno farsi il mutuo e smetterla di dissanguarsi con l'affitto. Se lo meritano. Loro non sono mica come me, non vivono alla giornata. Marco e Camilla diventeranno una di quelle coppie che farà almeno due figli (quando ormai in Italia è già tanto averne uno di bambino). Camilla non mi è mai piaciuta molto, ma se Marco è felice io sono felice per lui. Le ragioni sono diverse, prima di tutto lei non si prende le sue responsabilità, quando mio fratello sta male, sono sempre io quella che se ne prende cura, che lo tira su di morale. Secondo, credo che Camilla abbia un leggero problema con l'alcol, le ho trovato alcune bottiglie di vodka nascoste per casa, e di certo non sono di Marco.

«Ehi, Ire, quindi? Dopo ti trovo a casa?»

Marco tiene la testa bassa, giocherella nervoso con il portachiavi, ancora una volta ci devo pensare io a tirarlo su. Ma d'altra parte non è una novità, vi dico solo che Marco è del segno della Vergine.

«La smetti di essere così preso male dalla vita?» gli dico, dandogli una spinta scherzosa che lo fa barcollare.

«Piantala, tu non conosci Gabriele...» si giustifica.

Apro il freezer e tiro fuori un gelato confezionato. «Ma tu mi hai detto che è un idiota, e tu sei un HR di tutto rispetto, e poi, dài... come si fa a licenziare una persona che hai assunto per licenziare gli altri!?» Do un morso deciso al gelato, che è ancora troppo freddo e mi arriva una fitta di mal di testa, atroce.

«Gli idioti sono pericolosi... *sono imprevedibili*... lui è tipo la marionetta di suo padre, non prende una decisione che sia una. Come faccio a farlo ragionare?»

«E se magari vuole offrirti un aumento?» Butto lì, provando a sgranocchiare la crosta di cioccolato senza raggiungere la crema ghiacciata, una missione impossibile.

«L'azienda sta messa di merda Ire, credo che stiano perdendo un sacco di soldi.»

Sbotta lui, raggiungendo la finestra del salotto. La sua fronte si raggrinza mostrando i segni d'espressione. E io so benissimo cosa significa quel broncio, un po' perché i fratelli si intuiscono senza parlare, un po' perché Marco è quello più pessimista tra i due.

«Non ce la posso fare.»

"Non dirlo a me a sopportarti" vorrei dirgli, ma non lo faccio perché in realtà mi dispiace.

Si appoggia con entrambe le mani al termosifone spento. Lo abbraccio da dietro, e quasi in tempo salvo la sua camicia dalla goccia di crema che stava per suicidarsi sulla sua spalla. «Se è uno smidollato puoi sempre provare a convincerlo a non farti licenziare, inventati qualcosa di assurdo... hai fatto o non hai fatto tre anni di corso di teatro al liceo?»

«"Smidollato" ogni tanto parli come mamma, lei lo diceva sempre...»

Gli sorrido.

Poi il mio cellulare squilla, è la Casa di riposo Fiordaliso. Il venerdì insegno pittura su tela a un gruppo di promettenti vecchietti (non è vero, sono vecchi e basta). Ma mi piace, dipingere è la mia più grande passione. Faccio anche la dog-sitter per compensare, altrimenti non saprei come pagarmi le bollette (bollette che ripetutamente mi “dimentico” di pagare, ma la vogliono inventare questa app per pagarle da casa oppure no?).

«Marco, dài, schiena dritta e un bel sorriso... su.»

Marco raddrizza la schiena, ma non sorride. Un classico.

«In settimana andiamo a correre?» gli domando.

«Ma certo, dobbiamo anche recuperare la tappa di settimana scorsa... se non mi suicido prima.»

Fingo di spararmi a una tempia. «Sei i-m-p-o-s-s-i-b-i-l-e.»

Lui mi fa una specie di saluto militare e si avvia verso la porta del mio appartamento, stranamente silenzioso, siccome le mie coinquiline non sono ancora rientrate.

Marco chiude la porta con la stessa grinta di uno che sta per andare al patibolo. Chissà cosa sta facendo Camilla in questo momento, invece di prendersi cura del *suo* uomo. Lavora per un giornale di moda, me la immagino a fare call infinite, sbraitando alle stagiste, e poi bersi un margarita in pausa pranzo di nascosto. Pessima.

Okay, libera da Marco vado in bagno, mi specchio, sistemo una ciocca di capelli rossi ribelli dietro all’orecchio e torno a occuparmi dei problemi della *mia* giornata. Ovvero, portare a spasso un Border Collie che di border non ha solo il nome ma anche il carattere, pulire l’appartamento, siccome le mie coinquiline mi hanno fatto notare che ho saltato il mio turno per la seconda volta, e poi...

Be', poi devo far saltare fuori i soldi per pagare le bollette.

Questo significa affrontare il direttore della casa di riposo, un incrocio tra una mosca e Kim Jong-un.

3

Gabriele

«Il fatto è che, vedi Marco, anche il nostro settore ha risentito della crisi, seppur meno di altri... ma comunque...» Uso un tono conciliante, mantengo il sorriso ma evito di sembrare contento. Ho letto tutte queste informazioni sulla pagina di WikiHow, un sito internet dove puoi trovare tutorial da "come soffiarti il naso" a "come capire cosa vuoi dalla vita". Io ho googlato: "Come licenziare qualcuno".

«Capisco...» sospira la mia vittima, fissandosi i jeans scoloriti.

«Credimi, non c'entra nulla con il tuo operato. Il tuo lavoro è sempre stato portato a termine egregiamente....» Il rumore delle stoviglie in sottofondo riempie l'atmosfera lugubre.

Marco si schiarisce la voce, teso. «Capisco...»

«Sono sicuro che troverai un impiego migliore, anzi,

se vuoi la mia sincera opinione io qui ti vedevo un po' sprecato.» Perché nella mia mente questa frase suonava meglio?

A questo punto Marco alza la testa, mi guarda senza lasciar trasparire nessuna emozione. E mi si gela il sangue, è come vedere un cucciolo di gatto abbandonato per strada, anzi no peggio, un cucciolo di gatto abbandonato in autostrada.

«Spero tu comprenda…» continuo… ma non comprendo nemmeno io, quindi non vedo come possa comprendere lui, e non so davvero più cosa inventarmi. «Ovviamente scriverò per te delle ottime referenze… ottime!» Ripeto, con un acuto finale. Arrampicarsi sugli specchi potrebbe diventare il mio nuovo sport preferito dopo il tennis.

Marco, a questo punto, inizia a sventolarsi con uno dei tovaglioli di carta adagiati sul bancone.

No, se sviene io che faccio?

«Tutto… bene?» chiedo, mentre la cameriera ci porta altri due caffè che lui stesso ha ordinato tutti per sé.

«Sì, sì tutto bene… è solo…» inizia a tossire.

Ci siamo, anche la tosse, che sia Covid?

«Mia sorella…» dice, ma non sono sicuro di aver capito bene.

«Tua… sorella?» ripeto, e detta così suona come un insulto (sì, come no, tua sorella!).

Marco sospira, sembra sul punto di dirmi qualcosa, ma poi tace, come gli si fosse atrofizzata la lingua. «Null… scusam…» biascica dopo un po', distrutto.

«Sicuro? Non ti vedo bene» improvviso.

Lui fa un altro respiro interminabile. «Sì, sì… sono problemi… personal… personali, ma non dovrei condividerli con… te… È solo che… niente, non sono stato professionale… perdonami.»

Ha un attacco di panico, ecco che cos'è.

Cerco di assumere un tono incoraggiante, da maestro di meditazione. «Se posso aiutarti in qualche modo, sono qui per te.» In realtà inizio a sudare dentro alla camicia di lino disegnata su misura dal sarto francese di mia madre.

Ordino un bicchiere d'acqua. La cameriera gliene porta uno riempito dal rubinetto. Marco beve tutto d'un fiato. Poi riprende.

«Vedi, mia sorella… è una bravissima ragazza, ma ha questo vizio del collezionismo… lei è un artista eh… insomma, per fartela breve si è fatta dei debiti.»

«Ah…»

«Scusami, è un fatto personale… assolutamente ho sbagliato a parlartene… Perdonami.»

Mi schiarisco la voce, questa non me l'aspettavo. «Ma figurati Marco, anzi sono molto dispiaciuto… io…»

«Per questo mi serve il lavoro, capisci?» dichiara, guardandosi in giro, quasi come se mi stesse confidando un segreto.

«Capisco, io… davvero non avevo idea… ma è così grande questo debito?» mentre glielo domando, mi chiedo perché lo stia spronando a continuare la conversazione.

Marco infatti si avvicina, assume una postura molto confidenziale. «Estremamente grande, ha comprato il quadro di un artista contemporaneo molto famoso… dicono sia il nuovo Picasso…»

«E… non può restituirlo?»

Marco scuote la testa deciso, come se avesse già raccontato questa storia un milione di volte. «L'artista ha scritto una dedica per mia sorella Irene, direttamente sul quadro.»

Che situazione. «Marco io sono davvero dispiaciuto…»

«E poi c'è la storia di Camilla, la mia compagna, beve come una spugna.»

Mi cadono le braccia. «Ma è terribile…»

Nei suoi occhi, per un attimo, c'è un guizzo di speranza.

«Però, davvero, mi hanno detto di licenz… cioè non posso tenerti in azienda…» spero che annuisca, che mi risponda che capisce la *mia* situazione, invece Marco non fa altro che fissarmi inerme, come se si aspettasse altro dal sottoscritto.

Mi guardo attorno, alla ricerca di una cameriera, ma sembrano tutte occupate. Tra l'altro ho come la sensazione che la coppia seduta nel tavolo affianco al nostro, abbia ascoltato la conversazione.

«Davvero Marco, mi dispiace. Ma non posso proprio farci niente. Ma ti scriverò un'ottima lettera di raccomandazioni e...»

Faccio una cosa da deficienti, apro il portafoglio e gli offro le banconote che ho.

Ma lui, con mia sorpresa, non le rifiuta.

4

Irene

«Che grandissimo idiota.» Il capo di mio fratello lo ha licenziato, così, su due piedi. E ha pure avuto il coraggio di ammettere che il suo lavoro è sempre stato impeccabile. Se era così soddisfatto, perché cavolo lo ha licenziato lo stesso?

«Te l'ho detto Ire, beccava davvero male» mi dice, e io non riesco a credere che abbia accettato il licenziamento in modo così zen, prima di tutto perché non è da lui, secondo perché io al suo posto starei già scrivendo una querela indirizzata al cretino.

«E Camilla cosa dice?»

«È dispiaciuta, che ci vuoi fare…»

C'è qualcosa che non mi torna, non riesco a capire perché mio fratello, l'essere più lagnoso e melodrammatico sulla faccia della terra, sorrida sotto i baffi.

Apro una bottiglia di vino bianco fresca di frigo, che

avevo messo in fresco già dal pomeriggio, convinta che avremmo festeggiato. La piazzo sul tavolo, davanti a Marco. «Cosa mi stai nascondendo?»

Lui non resiste più. «Gli ho rifilato una cazzata enorme, Ire» afferma, sfiorando il bicchiere con la punta delle dita, cercando di trattenere una risata.

«Marco, che gli hai detto?»

Gli riempio il bicchiere fino all'orlo. «Okay, questa vale quasi il licenziamento...» mi dice, socchiudendo gli occhi.

Prendo un calice per me e mi servo anch'io.

«Spara.»

Marco fa una lunga sorsata, poi mi guarda, deciso. «Gli ho raccontato che tu ti sei fatta un debito enorme comprando un quadro di un artista famoso, e che Camilla è un'alcolizzata...» scoppia a ridere, non lo vedevo ridere così da anni.

Mi siedo. «Che stronzata è questa?»

«Una balla enorme per impietosirlo!» dice, tra le lacrime.

«Che Camilla sia un'alcolizzata è vero» rispondo, sconcertata.

«Due bicchieri al giorno non significa essere alcolizzati.»

«Okay, ma se sono di vodka liscia sì.»

Lui sbuffa. «Per una volta che rido io devi fare la rompicoglioni tu?»

«È vero, scusami!» Alzo le mani, poi incuriosita aggiungo: «E poi che ha fatto?».

Marco scoppia di nuovo a ridere. «Ha preso il portafoglio e mi ha dato tutti i suoi soldi!»

Ma questo è davvero un idiota.

«Quanti?»

«Millecinquecento euro, compresa la moneta.»

Per poco non gli sputo il vino addosso. «Questo gira con millecinquecento euro in contanti a Milano, e non l'hanno mai derubato? Hanno derubato me alle giostre a sedici anni, avevo solo cinque euro!»

Marco scuote la testa, ha ancora un sorriso da ebete disegnato sul volto.

«Poi dovevamo pagare i caffè e lui ovviamente non aveva i soldi, così ho dovuto "prestarglieli io".»

Verso un altro bicchiere di vino, incredula. Quando mi ha detto che il suo capo era un idiota io me l'ero immaginato idiota, ma ragazzi questo è un primato mica da poco.

Marco beve un sorso di vino e poi guarda il calendario appeso in cucina. «Manca solo una settimana, come passa il tempo.»

«Già.»

Mamma se ne è andata una mattina di maggio, dopo

un lungo periodo di convalescenza in ospedale in cui non si è mai lamentata di nulla, né delle zuppe insipide, né delle medicine che la rendevano fragile come il gambo di un fiore. A lei io e Marco siamo stati vicino il più possibile, facendo i turni di notte a volte per non lasciarla mai sola. Le dobbiamo davvero tutto, ci ha cresciuti da sola, e ha fatto un ottimo lavoro. Ogni tanto penso che se avessimo ereditato metà della sua forza, avremmo la metà dei nostri problemi.

Allungo una mano, stringo il braccio di mio fratello. «Mi spiace per il licenziamento, e per aver sottovalutato la cosa, l'altro giorno.»

Lui sospira, poi fa un leggero sorriso. «Che ti devo dire, non pensavo l'avrei mai detto, ma almeno mi sono divertito.»

Chiedo per un'amica

È inutile cercare di distrarsi solo per stare bene qualche ora, per non guardare in faccia la realtà. Che sia un amico o un nuovo post su Instagram a ricordartelo, la verità ti sarà presto sbattuta in faccia: la persona che ti ha ferito è andata avanti, e tu? Perché guardi ancora indietro? Ricorda: sei legata ai ricordi, non alla persona che ricordi.

5

Gabriele

Nel periodo in cui sono stato lasciato ero, ovviamente, a pezzi. Aisha e Lorenzo mi hanno tirato fuori di casa con la forza (lo giuro, Lorenzo mi ha sollevato di peso, mentre Aisha sceglieva dall'armadio una camicia e un paio di pantaloni da farmi mettere su) e mi hanno portato a cena fuori.

Sono una coppia bellissima loro due, una di quelle poche che ti fanno ancora credere che possa esistere l'amore vero. E non quello che si vede dalle foto su Instagram.

Lui è il mio migliore amico storico e il mio idolo: Lorenzo è un folle genio. Ha origini nigeriane, ed è stato adottato da una famiglia italiana, ovviamente non ha mai conosciuto i suoi veri genitori. Aisha invece è originaria della Costa d'Avorio, i suoi genitori si sono trasferiti in Italia prima che lei nascesse, quindi anche Aisha è italiana a tutti gli effetti.

Lorenzo è alto oltre un metro e novanta, bello come il sole.

Dopo il liceo è entrato a far parte degli alpini. Poi ha mollato tutto perché una sera ha conosciuto una tipa in un bar che gli ha detto che aveva la faccia da attore, assomigliava a Will Smith in *Willy, il Principe di Bel-Air*. Così da lì si è traferito a Roma e ha iniziato a fare i casting, e in effetti ha ottenuto una piccola parte in una fiction: un medico a cui hanno rapito la figlia. Per farvela breve, si è immedesimato così tanto nella parte che a fiction finita ha fatto il test di Medicina. Passato ovviamente. Lì ha conosciuto un'infermiera affascinante, Aisha, l'unica ragazza al mondo che riesce a farlo ragionare.

Difatti, da quando sta con lei, sembra avere le idee più chiare.

Comunque, come vi dicevo, ci hanno pensato loro due a rimettermi in sesto dopo che G. mi ha lasciato per l'artista, Giulio Monachesi. Come si dice, se non puoi uscire dal tunnel almeno arredalo, no? E io l'ho fatto, anche fin troppo bene direi, perché ora finalmente respiro e non faccio più incubi la notte dove mi sveglio rivivendo la scena di lei che mi lascia.

Dopo G. non ho più avuto altre ragazze, certo, ogni tanto sento su Tinder qualcuna, ma la maggior parte delle volte si finisce solo per chattare e chattare senza concludere niente, perché dopo un po' viene fuori che la tizia è fidanzata, o sposata o non è chi dice di essere (cat fish buongiorno) e quindi muore lì.

Ma va bene così, per me. Per Aisha e Lorenzo invece sono troppo difficile e dovrei trovarmi una ragazza.

Stasera sono a cena da loro tra l'altro, mi hanno invitato per una birra, e per guardare insieme la finale di *MasterChef*.

«Quindi quel tizio che hai licenziato ha una sorella matta e una fidanzata alcolizzata?» chiede Lorenzo, bevendo un lungo sorso di birra.

Io saccheggio le patatine. «Non "matta" mi ha solo detto che ha comprato un quadro...»

Aisha si rassetta il vestito. «...del nuovo Picasso, ma dài... a me sembra solo una scusa per non farsi licenziare... tesoro tu che ne pensi?»

Lorenzo beve un altro sorso. «Io nella vita ne ho fatte di cose fuori di testa, questa è davvero un cazzo di salto nel vuoto, la stimo.»

Aisha rotea gli occhi al cielo, poi mi tende un leggero sorriso e vira la conversazione verso un altro argomento. «Tuo nonno come sta?»

Anche lei ha subìto il fascino di nonno Saverio, quando gliel'ho presentato la prima volta, ormai un bel po' di anni fa.

«E chi lo ammazza, sempre in forma, domani dovrei passare a trovarlo dopo il lavoro.»

«Lui sì che ha un ottimo fiuto per gli affari, invece» conclude, strizzandomi l'occhio.

A differenza di me, vorrei aggiungere.

Io e mio padre non siamo capaci di gestire i soldi.

2003, gita a Parigi, la professoressa accompagna me e la mia classe al negozio del museo del Louvre e Lorenzo (che già a quei tempi era il mio migliore amico) compra una gomma con la faccia della Gioconda, spesa: due euro. Io me ne esco con un modello in 3D del museo, pesante come due casse d'acqua, che costava quasi quanto la gita intera.

«Chi ha fame?» Aisha si dirige verso la cucina, apre il forno, Lorenzo deve aver cucinato la sua mitica lasagna doppio formaggio, perché il profumo non tarda ad arrivare fino in salotto, ed è sublime.

«Ah, due giorni fa ho visto G...» butta lì Lorenzo, Aisha gli tira un calcio, il nome della mia ex è un tabù per tutti, per questo non lo pronuncio mai per intero.

«Aisha mi ha detto di non dirtelo ma...» abbassa la voce, mentre lei va in cucina a prendere le tartine, scuotendo la testa. «Cazzo, sei il mio migliore amico.»

Stringo il collo della birra quasi fino a strozzarla.

«Hai fatto bene» rispondo, senza pensarlo.

«Be', era con un tizio, Gabri» prosegue lui, e le sue folte sopracciglia si inarcano in un'espressione drammatica.

«Magari era un collega... mi parlava sempre dei suoi colleghi, aveva un buon rapporto con loro. A meno che non abbia cambiato lavoro... ma no, non può aver cambiato lavoro» dico, parlando a raffica tra me e me.

«Un tizio che le stava avvinghiato come una calamita...» mi interrompe Lorenzo.

«Un *trombamico*» affermo, dopo essermi schiarito la voce, perché la cosa brucia.

«Erano le sette di sera, stavano uscendo dal cinema e hanno comprato un gelato. Roba romantica.»

«Cosa state confabulando voi due , eh?» Aisha, vassoio con le tartine in mano, fissa così intensamente Lorenzo da farlo arrossire, nonostante la sua pelle scura.

«Te l'ha detto, eh?»

«Detto cosa?» dico, con voce fintissima.

Aisha squadra Lorenzo che prende in mano il joystick della PlayStation e la accende, e come se niente fosse si mette a giocare a *Call of Duty*. Lei gli spegne il televisore schiacciando con il piede il tasto della ciabatta della corrente.

«Gabri, scusalo, è stata una sua pessima idea.»

«Ma no, ma no...» tiro fuori il pacchetto di sigarette dai miei pantaloni cachi, e mi sbottono la camicia perché sto sudando. «Solo... vorrei fumarmi una sigaretta.» Mi alzo, mi dirigo verso la portafinestra. Ho lo stomaco chiuso.

«Te l'avevo detto di non dirgli niente...»

«Guarda che Gabri è il MIO migliore amico, e io posso dirgli TUTTO quello che voglio.»

«Per farlo stare male? Che amico!»

«Be', deve svegliarsi, deve andare avanti, se gli serve una scossa per farlo, ben venga la scossa, no?»

«Credi che dopo "la scossa" si troverà una ragazza?»

«Potrebbe...»

«Tesoro, ma non lo vedi come è messo? Gli hai solo dato il colpo di grazia...»

Aspiro così tanto fumo da far bruciare i polmoni più del solito.

«Che stai dicendo?»

«Che così non se la troverà MAI una ragazza.»

«Magari non gli serve, magari sta bene da solo.»

Accendo un'altra sigaretta, di fila.

«Lui NON è solo, lui è fidanzato con il ricordo di G., e ha una relazione clandestina con la fifa nel voltare pagina. Ti è chiaro?»

«E quindi non dovrei più dargli consigli?»

«Sta troppo male per ricevere consigli, è come dare le perle ai porci.»

«Guarda che non si dice così, Aisha, le perle ai porci è quando uno è duro di comprendonio...»

Butto fuori il fumo e tossisco di colpo, i miei amici si rendono conto che la portafinestra era solo socchiusa.

6

Gabriele

Tornato a casa a Monza, saluto Giovanni, il mio autista, e siccome siamo tutti rientrati inserisco l'antifurto perimetrale che protegge la villa: quattromila metri quadrati di giardino, due piscine (una interna e una esterna), un campo da tennis, un gazebo per i ricevimenti estivi. La villa è a ferro di cavallo, abbiamo tre piani di casa divisi rispettivamente in ala Nord e Sud. La mia dépendance, nell'ala Sud, è perfettamente autonoma: cucina, bagno, sauna, salotto e camera da letto. Abbastanza ampia da garantirmi autonomia. Non abbastanza lontana dai miei per garantirmi una completa privacy, quando sono lì.

Percorro il lungo corridoio fino alla mia dépendance. Poi mi sfilo i vestiti, ignoro la vasca idromassaggio come al solito, e opto per una doccia veloce.

Poi mi avvolgo un asciugamano attorno alla vita e mi infilo sotto le coperte. Chiudo gli occhi. La giornata di oggi mi scorre davanti come la pellicola di un film che va "avanti veloce". Il ricordo si blocca sulla faccia paonazza di Marco, frasi come: "Stavo solo pensando a mia sorella..." o "sono problemi personali, ma non dovrei condividerli con te" continuano a girarmi in testa come un flipper. Non gli ho rinnovato il contratto, ma è vero, per legge è una mia scelta. Eppure, al di là delle questioni legali, mi sento un idiota perché non sono riuscito a dargli nessuna motivazione convincente. La verità è che l'ho licenziato perché è stato mio padre a dirmi di fare dei tagli in azienda (nell'arco dell'anno dovrò far fuori altre tre persone). Mio padre, come mio nonno Saverio, è in pensione, eppure gestisce ancora lui le finanze della BS, semplicemente perché io glielo consento. Non abbiamo mai avuto esigenza di fare dei tagli fino a oggi, ma mi è stato detto che non è nulla di allarmante. Ho provato a insistere per lasciarmi visionare il registro della contabilità, ma il nostro commercialista ha assicurato che fosse tutto sotto controllo.

Eppure, nonostante la mia situazione economica sia solida, io cosa farei al posto di Marco? Io davvero non lo so cosa si prova a perdere tutto, ma da quello che lui mi ha raccontato, c'è andato vicino. Mi rigiro nel letto.

Durante il nostro colloquio, al bar, ho avuto l'impulso di dirgli che avevo cambiato idea, e licenziare Tiziana, del reparto commerciale al posto suo; ma poi ho pensato che nemmeno lei se lo meritava, e che l'unico motivo per cui avevo deciso di far fuori Marco era che il suo contratto scadeva, quello di Tiziana no.

Mi alzo dal letto e vado in cucina a bere un bicchiere d'acqua, ci trovo mio padre in accappatoio, sorseggia un bicchiere di vino.

«Ah, sei tu... tutto bene?» mi domanda, soprappensiero.

«Sì, avevo solo sete. Tu, tutto bene pa'?» Apro il frigo e prendo la bottiglia di minerale bioenergetica, comprata da mia madre in un negozio specializzato.

«Sì, sì» sospira lui, ma è strano. È da un po' di mesi che lo vedo così abbattuto, ho pensato di tutto: una malattia, un'amante... ma mi sento di scartare entrambe le ipotesi. Va a correre tutti i giorni, e ha più energie di me quando gioca a tennis; un'amante non saprebbe come gestirla, mamma ha una personalità talmente ingombrante che per papà basta e avanza, e poi le è sempre stato fedele.

«Oggi ho licenziato Marco, l'HR.»

Lui annuisce, spento. Mi siedo davanti a lui, cerco di intercettare il suo sguardo.

«Non sono tanto sicuro sia stata una buona idea, Marco ha sempre fatto un ottimo lavoro per noi...»

«Sì, lo immagino» taglia corto papà, schiarendosi la voce.

Io non mollo: «Credo gli avessi fatto il colloquio tu, due anni fa... io ero a quel congresso con i produttori...».

Papà ci pensa su, distratto, poi un guizzo di luce gli attraversa lo sguardo. «Ora ricordo, si era presentato piuttosto in disordine, mi aveva fatto una pessima impressione. Ma poi mi aveva spiegato che sua madre era in ospedale...» dice papà, tra sé e sé.

«In... ospedale?»

Papà annuisce, e butta giù un altro sorso di vino liquoroso. «Sì... mi aveva colpito perché si faceva le notti in ospedale, e di giorno in mancanza di altro faceva il barista, nonostante avesse una laurea a pieni voti. Una persona molto diligente.» Papà si stringe nelle spalle.

«Sai se poi sua madre è guarita?» chiedo.

«Non ne ho idea, sei tu che ci hai lavorato insieme» mi dice, corrugando la fronte.

«Già» dimostrazione numero duemila e seicento del mio inesistente rapporto con i miei dipendenti.

«Comunque, non è colpa nostra» commenta papà, ma non vuole essere cattivo.

«Lo so, ma mi dispiace molto.»

Papà mi sorride. «Quando da piccolo impazzivi per Robin Hood, tua madre diceva che non era un buon segnale: "i buoni" sono sempre più sensibili degli altri, è un'arma a doppio taglio.»

«So anche questo.» Mi alzo in piedi. Papà deposita il bicchiere nel lavello.

«Il mondo è imperfetto» aggiunge, prima di andare a dormire. Poi spegne la luce.

Rimango ancora un'ora nel letto a guardare il soffitto, incapace di addormentarmi: con le coperte ho caldo, senza ho freddo.

D'impulso prendo l'iPhone, cerco il profilo di Marco Ginestri su Instagram, ovviamente non ce l'ho tra i miei contatti.

Ne leggo la biografia: "*Runner per hobby,* HR *di professione, cuoco per puro caso*". Non avevo idea che Marco fosse uno sportivo, né sospettavo che sapesse cucinare. In realtà di lui non sapevo proprio niente, a parte che beve il caffè senza latte e senza zucchero.

Scorro la home del suo profilo e do un'occhiata veloce alle foto di Marco in tuta d'atletica, il completo aderente giallo e arancione lo rende piuttosto buffo. Scorro le altre foto: ci sono degli scatti di cibi ben impiattati, e capisco come mai Marco al lavoro si sia sempre portato il cibo da casa, ora ricordo che una volta ne aveva preparato un po' anche per i colleghi dell'ufficio.

Vado avanti.

Trovo anche delle foto con la sua compagna Camilla, una ragazza raffinata, che a quanto pare lavora per una rivista di moda, ovviamente non può che tornarmi in mente la storia dell'alcolismo, e la guardo con occhi diversi.

D'impulso mi viene la curiosità di cercare anche la sorella di Marco tra i suoi contatti, che scopro chiamarsi Irene Ginestri.

La trovo subito, perché giustamente Marco la segue.

Osservo le sue foto e mi stupisco. Non me l'aspettavo assolutamente così questa Irene. In realtà non è che mi fossi fatto un'idea precisa, però me la immaginavo cupa, infelice, persa. Invece mi trovo davanti una ragazza dal sorriso luminoso, fluenti capelli rossi tagliati corti, che le danno un'aria un po' sbarazzina, e occhi verdi curiosi.

Per un istante penso che Marco mi abbia preso per il culo, poi però mi accorgo di diverse foto che documentano l'amore di Irene per l'arte e la pittura, e ci vedo un filo logico: lei che dipinge *en plein air*; lei al Museo del Novecento, incantata davanti a una tela di Fontana; lei che si fa un selfie con le guance sporche di pittura e ride sincera.

Faccio una cosa un po' infantile, non mi giudicate. Ho un altro profilo che avevo fatto insieme a G., e che utilizzavamo insieme come "profilo di coppia". Da lì archivio tutte le foto di me e G., e lascio solo le foto in cui compaio solo io. Cambio la biografia, scritta da lei: *"Siamo una coppia molto innamorata, amiamo le degustazioni di vino e il tennis"* (per la cronaca, io amo il tennis, a lei fa cagare). Cambio con: *"Amo l'arte e l'arte di trovare sempre il bello in ogni cosa"* che è una frase a caso che mi viene in mente sul momento, e che forse potrebbe colpirla.

Cambio anche il nome del nostro account da *G&G* a *LorenzoSuTela*, che è il primo nome che mi viene in mente, e guarda a caso è anche quello del mio migliore amico.

Faccio un respiro. Poi clicco Segui.

Sono le due di notte.

Sono consapevole del fatto che questa cosa non abbia assolutamente senso.

Ma non è colpa mia se nessuno ha ancora inventato un'app che ti impedisca di andare sui social dopo mezzanotte, o di usarli da ubriaco.

Quindi vi chiedo un po' di comprensione per il sottoscritto.

Grazie.

7

Gabriele

La mattina dopo passo a trovare mio nonno Saverio, abita poco distante da casa nostra. Sempre nello stesso quartiere residenziale.

Giovanni, l'autista, mi lascia davanti al viale d'ingresso alberato della villa signorile, io lo saluto e mi accendo una sigaretta, richiudendo la portiera.

Ogni volta che percorro il viale non posso fare a meno di ricordare la mia infanzia, di quando da bambino, durante l'estate, giocavo ore e ore con le mie mitiche macchinine giocattolo e le facevo sfrecciare sul tronco ruvido di uno dei meli, immaginando che la corteccia fosse una specie di autostrada verticale.

D'inverno, invece, mi divertivo con la neve a fare pupazzi giganti, di quelli con la carota al posto del naso, con gli inimitabili guanti al posto delle mani, e le immancabili ghiande al posto degli occhi. Li costruivo ovunque, dal nonno ma anche davanti a scuola. Poi un giorno ho smesso del tutto perché qualcuno aveva rubato i guanti al mio pupazzo (i guanti erano di Hermès) e mia madre si era arrabbiata moltissimo: sosteneva che a rubarmeli fosse stata la maestra di educazione fisica, che odiava la mia famiglia perché durante le ore di ginnastica i miei genitori mi avevano iscritto a un corso di tennis (secondo loro più valido). Ma siccome gli altri bambini della mia età a quell'ora erano tutti a scuola, io facevo lezione con i pensionati.

Suono il secondo citofono e il cameriere mi fa entrare, lo conosco da una vita ma non mi ha mai rivolto la parola.

Il salone della villa ha le pareti azzurro mare, ho sempre avuto la sensazione di trovarmi sott'acqua qui, ma mai di soffocare.

«Ciao nonno, come stai?» Mi avvicino per abbracciarlo. Nonno Saverio, sempre impeccabile nel suo completo gessato, restituisce l'abbraccio sfiorandomi appena la spalla, poi torna a sedersi sulla poltrona accanto al camino spento, appoggiandosi al bracciolo per mantenere l'equilibrio.

«Accomodati pure, non stare lì impalato» mi dice, recuperando dal posacenere sul tavolino in legno un sigaro mezzo spento. Ecco svelato il mistero da chi ho preso il vizio del fumo.

«Ti salutano Aisha e Lorenzo, magari organizziamo un pranzo tutti insieme se te la senti...» L'aria primaverile entra dispettosa dalla finestra socchiusa.

Nonno Saverio alza appena lo sguardo, i suoi occhi azzurri mi studiano con un guizzo di ilarità. «Solo perché sono un po' zoppo non significa che sono rintronato. Sono più in forma di voi tre messi assieme, Gabriele.»

«Non ne dubito...» Sorrido, un'altra caratteristica di nonno è proprio questa, non gliene frega assolutamente niente di quello che la gente pensa o non pensa di lui, è schietto e sincero. Fidatevi che questo è il segreto di una vita lunga e felice, senza mal di stomaco.

«Come va con l'azienda?» mi domanda, accavallando una gamba sull'altra.

«Pa' ha voluto fare dei tagli.» Fuori dalla finestra, un merlo si posa su un ramo.

Nonno inspira una generosa boccata di fumo dal sigaro, pensieroso.

«Abbiamo licenziato una persona, e probabilmente dovremmo lasciare a casa qualcun altro prima dell'anno prossimo.»

«E come pensa di migliorare il fatturato lasciando a casa delle risorse?»

«Non lo so...» Alzo le spalle.

Nonno torna a guardarmi, e come sempre mi sento un po' in soggezione. «L'azienda è tua ora Gabriele, non dovresti lasciar decidere a tuo padre.»

Sospiro. «Hai ragione, ma lo sai che non ho esperienza... mi sono ritrovato a fare il capo a soli trent'anni, molti dei miei dipendenti sono più anziani di me.»

Nonno Saverio spegne il sigaro. «Sbagliando si impara, ma se a sbagliare è tuo padre, tu cosa impari?»

Vorrei aggiungere qualcosa, ma non mi viene in mente niente di abbastanza intelligente da rispondere. Nonno nota il mio sconforto, mi fa un leggero sorriso. «Quando ho aperto l'azienda sai quanti errori ho fatto? Non sentirti sotto esame, sbagliamo tutti.»

«Lo so, è che a volte penso di sbagliare più degli altri.»

Nonno scoppia a ridere, è una di quelle risate che ti contagiano.

«Di' a tuo padre di chiamarmi, vorrei dare un occhio al registro della contabilità, vediamo che cosa sta combinando.»

Annuisco, riconoscente.

«Per il resto, come stai Gabriele?»

Il cameriere entra nella stanza, ha un vassoio con due caffè. Lo appoggia delicatamente sul tavolino che mi separa da mio nonno.

«Regolare...»

«Lo trovi il tempo per svagarti un po'?»

Afferro la tazzina del caffè per il manico e annuisco, mantenendo un sorriso di cortesia. Penso alla mia vita al di fuori della BS, monotona, regolare, ripetitiva. E poi mi torna in mente cosa ho fatto ieri sera con il mio secondo profilo Instagram. Mentre nonno beve il suo caffè apro l'app e vado a controllare, ma niente.

Irene non ha ricambiato il mio follow. Chissà, magari non l'ha visto, non ha aperto Instagram, sta lavorando, si sarà persa la notifica... oppure l'ha ignorato volontariamente?

Quando si tratta di supposizioni sui social la nostra mente è in grado di elaborare le teorie più assurde, elucubrazioni tali che nemmeno i più famigerati complottisti sarebbero in grado di pensare (i terrapiattisti in confronto sono dei dilettanti).

«Gabriele, oggi sei sulle nuvole più del solito.» La voce di nonno Saverio mi riporta nella stanza.

«Scusami, stavo solo controllando una notifica...» poi mi interrompo perché nonno non sa che cosa sia una notifica, «che sarebbe una specie di messaggio che ti arriva su un'applicazione online... in pratica...»

Nonno Saverio non mi lascia nemmeno terminare

la frase, riappoggia la tazzina sul tavolo, e con uno dei suoi sorrisi furbi mi chiede: «Non è che c'è di mezzo una ragazza?».

Beccato. I social avranno pure cambiato il mondo, ma non i sentimenti che lo governano.

8

Gabriele

«Scrivile tu» mi consiglia Aisha, mentre sorseggia un frullato alla fragola che le lascia sulle labbra dei piccoli grumi rosa, glielo faccio notare gentilmente, e lei si appresta a pulirsi con un tovagliolo di carta.

Siccome Lorenzo era di turno oggi, l'ho accompagnata io a fare shopping al centro commerciale. Un posto in cui non vado *mai*, anche perché in famiglia abbiamo da anni un personal shopper, ci pensa lui a scegliere i capi e a fare gli abbinamenti giusti ed è davvero molto bravo. Quello precedente mamma l'ha licenziato, perché sosteneva che il blu e il nero nel 2017 si abbinavano alla perfezione.

«Intendi, anche se non mi ha ricambiato il follow?»

Aisha annuisce. Ogni tanto dà un occhio al palmare adagiato sul tavolo, deve essere reperibile in caso di urgenza al lavoro.

«Okay, e cosa dovrei scriverle?» Ogni volta che mi lascio e ricomincio a scrivere a una ragazza, che sia anche solo in amicizia, non ricordo più come si faccia, mi tocca chiedere consiglio agli amici stretti come un quindicenne.

«Qual è il tuo scopo?» mi guarda dritto negli occhi e il suo sguardo è così deciso che mi fa intimorire.

Balbetto qualcosa ma non so come rispondere. Aisha sbatte le lunghe ciglia scure, poi afferra il cellulare e apre Instagram. «Irene Ginestri, giusto?» ruota il display e mi mostra il suo profilo. Che memoria fantastica, ecco come avrà fatto a passare il test di anatomia.

Annuisco. «È che mi sento in colpa per aver licenziato suo fratello, e la storia che mi ha raccontato mi ha lasciato turbato. Quindi mi sono un po' fissato con questa ragazza… ma non so di preciso il motivo.» Prendo fiato, e bevo un sorso di acqua frizzante dal mio bicchiere. Ora che mia madre mi ha messo in testa che l'acqua non bioenergetica fa male, mi sembra di bere veleno.

«Credo che la storia del fratello sia solo un punto di partenza, magari finalmente abbiamo trovato qualcuna che ti piace» dichiara Aisha, scorrendo la home con le dita smaltate.

Quasi scoppio a ridere. «Ma che dici, nemmeno la

conosco... sarebbe davvero il colmo se mi piacesse la sorella del tizio che ho licenziato, su.»

Aisha strizza gli occhi per guardarmi meglio «Sei interessato a una persona senza saperne il perché...»

«Esatto, follia pura.»

«In realtà si chiama "chimica"» mi corregge lei, scandendo le parole con le labbra carnose.

Scrollo le spalle. «Te l'ho detto ho...»

«...licenziato il fratello, sì lo so, ma mica gliel'hai ammazzato.»

Apro la bocca per dire qualcosa in mia difesa, poi la richiudo subito, è vero non l'ho mica ammazzato.

Aisha torna a guardare il display «Passami il tuo cellulare.»

«Perché?» domando, mentre le allungo il mio iPhone senza opporre resistenza.

Lei disattiva la password, che ormai conosce a memoria, anche perché si tratta della mia data di nascita (che fantasia, eh?). Poi va su Instagram: «Ti scrivo solo il testo, poi vedi tu se inviarlo o no».

Smanetta per un po' con il cellulare, mentre un allegra famigliola si siede accanto a noi al fast food, nell'unico tavolino libero.

«"Ciao Irene, piacere Lorenzo. Scusa se ti disturbo, ultimamente ho iniziato a seguire un po' di pagine sull'arte e la pittura. IG mi ha suggerito il tuo profilo.

Complimenti, hai talento!"» finisce di leggere con tanto di interpretazione teatrale.

Sotto il tavolo il mio ginocchio prende a muoversi nervoso. «Non lo so, Aisha... io di arte non ne so nulla. E poi se mostrasse la mia foto a suo fratello?»

Aisha rotea gli occhi al cielo « Che ritardata fa vedere le sue foto private al fratello?»

«Magari hanno un rapporto confidenziale...» insisto, perché io con mia sorella ogni tanto lo faccio.

«Noi donne non corriamo subito a far vedere alle altre la nostra nuova preda... non è mica una tacca da incollare alla cintura, abbiamo più privacy di voi.»

I bambini della famiglia affianco iniziano a lanciarsi addosso le patatine unte. Una rovente atterra sul mio cappotto di Missoni. Vorrei imprecare, ma mi trattengo.

«Mando?»

Arriva una seconda patatina questa volta con tanto di schizzo di saliva. «Okay, dài, va bene manda, ma andiamocene da qui.»

Aisha mi sorride, ha dei denti bianchissimi. «In realtà, l'ho già mandato.»

Chiedo per un'amica

La più grande forma d'amore che esiste è la fiducia. È come una scatola in cui custodiamo la parte più preziosa di noi, quella fragile e nascosta. Quando la regaliamo a un'altra persona speriamo che legga la bene la scritta FRAGILE, che ne abbia cura. Ma è sempre una grande scommessa.

9

Gabriele

Quando nonno Saverio era giovane, i social ovviamente non esistevano. Fa davvero strano pensare a un mondo di relazioni esclusivamente al di là del display. Da una parte ho come la sensazione che nonno si sia perso qualcosa: la certezza che l'altra persona sia sempre lì, raggiungibile, a portata di messaggio. Ma c'è una parte di me che invece è convinta che sia io a perdermi qualcosa: il dare per scontato che l'altra persona sia sempre lì per noi, e che basti un messaggio per averla vicina.

Io e G., prima che lei mi lasciasse per l'artista, eravamo una di quelle coppie che si scrivevano su WhatsApp per il buongiorno, durante la pausa pranzo, la sera dopo cena, e infine per la buonanotte. Eravamo connessi. Eppure io non mi sono mai reso conto che lei avesse un altro, ero così concentrato a potenziare la nostra connessione virtuale, che ho tralasciato la nostra relazione nel mondo reale.

Mi sono lasciato distrarre dalla nostra routine di messaggi giornalieri, e non mi sono accorto che dietro i suoi "buongiorno anche a te amore" si nascondesse qualcosa, una voragine di malcontento e dubbi su di noi.

Forse, senza social, la nostra relazione sarebbe andata diversamente. Magari ci saremmo lasciati prima. Magari non ci saremmo lasciati proprio, non potrò mai saperlo, ma ogni tanto inevitabilmente ci penso.

Come in questo momento.

Mia madre mi ha appena comunicato che oggi tornerà mia sorella dalla Cina. Lucrezia non ha un buon rapporto con i miei genitori, non li vede da anni, e non è strano che li abbia avvisati solo all'ultimo. Mamma è in fibrillazione, papà è un pezzo di ghiaccio. Io sono quello che deve andare a prenderla in aeroporto. Cerco alla rinfusa una t-shirt nell'armadio e mi cade l'occhio su una scatola, adagiata sopra la cassettiera. Ci tengo i volantini, i biglietti dei concerti, quelli da visita dei ristoranti. È una scatola dei ricordi. Lì dentro c'è anche metà della mia vita con G., le tracce delle nostre vacanze in Grecia, quelle delle cene per gli anniversari o i compleanni, i biglietti d'auguri con la sua calligrafia pulita.

Non mi serve aprire la scatola per realizzare la quantità di tempo che abbiamo passato insieme. E che io adesso rivorrei indietro, perché mi sembra sia stato tempo buttato, e non credo a chi sostiene che ogni relazione sia utile, anche quelle che finiscono, G. mi ha letteralmente preso il cuore e lo ha buttato nell'umido. Sarò anche cresciuto, sarò anche maturato con lei... ma chi rimette insieme i pezzi? Ecco, appunto, la nostra relazione non mi ha portato a niente, se non ad arrivare ai trent'anni più insicuro e incasinato di prima.

Mi cambio la maglietta e controllo l'ora sul display del cellulare. Nessuna notifica da Instagram, tra l'altro. Mi sa che Aisha guarda troppe serie su Netflix, nel mondo reale le cose vanno un po' diversamente. Rimetto l'iPhone in tasca, e prendo le chiavi della macchina. Devo solo andare a recuperare mia sorella, affrontare una cena con i miei genitori che giocano a fare la famiglia unita e fingere che la mia vita sia quello che ho sempre desiderato.

10

Irene

«Irene, la lettera che hai mandato al mio ex capo è a mio nome?» mi chiede Marco, perplesso, perché è appena arrivata l'avvenuta conferma di consegna della raccomandata. Ebbene sì, sono intervenuta al posto suo, legalmente, perché quello stronzo se lo merita.

«No, è a mio nome perché la querela l'ho fatta io.»

Marco scuote la testa, nasconde un sorriso beffardo. «Non ho parole, sei sempre la solita.»

Forse allude all'ultima volta che l'ho difeso strenuamente, eravamo al cinema, Marco è andato in bagno e ha perso il biglietto, non lo lasciavano più rientrare in sala. Ho fatto talmente tanto casino che il mio spettacolo è stato più divertente del film stesso.

«Comunque, un consiglio se fare o meno quello che hai fatto potevi anche chiedermelo» aggiunge poi, con un'espressione indecifrabile.

«Tu mi avresti detto di non farlo, ti conosco» rispondo, con una mezza smorfia.

Mio fratello alza gli occhi al cielo: «Imparerai mai ad ascoltare i consigli degli altri?».

Se avessi ascoltato i consigli degli altri probabilmente avrei preso una strada completamente diversa da questa, avrei fatto altrettanti errori ma non di testa mia. Forse sarei sposata con il mio primissimo fidanzato, una faccia d'angelo che piaceva a tutte le mie amiche, ma non a me. Oppure non avrei mandato in vacca la facoltà di Fisioterapia dopo il terzo anno di studi, perché mi ero resa conto che del corpo umano, illustrato sui libri di anatomia, mi affascinava solo il disegno, non la materia in sé. Sicuramente non sarei andata a vivere con le mie due attuali coinquiline: la prima, Elena, una pin-up girl amante del burlesque; la seconda, Daria, un avvocato specializzato nel difendere ladruncoli.

Queste scelte sbagliate, impulsive che ho preso con la mia testa, andando contro al buon senso comune, o almeno a quello di mio fratello, si sono rivelate per il momento tutte giuste e gratificanti.

È vero, non posso sapere come sarebbe andata la mia vita se ora facessi la fisioterapista in una casa di riposo, e non l'insegnante di arteterapia in una casa di riposo. Ma la verità è che esistono solo le scelte che prendiamo, quelle che scartiamo, le vite che scegliamo di non vivere, non ci appartengono.

«Niente, sei così concentrata su te stessa che nemmeno mi ascolti» si lamenta mio fratello, che invece spreca il tempo che potrebbe dedicare a fare scelte per migliorare il suo stile di vita e passa il tempo a piangersi addosso, lamentandosi per qualsiasi "no", come se fosse l'unico a cui hanno chiuso una porta in faccia.

Ignoro Marco, mi rimetto seduta sul divano, un pezzo d'antiquariato sfondato che io e le mie coinquiline abbiamo comprato al mercato dell'usato, e abbiamo ribattezzato Carmelo, per dargli un po' di dignità. Stasera devo fare lezione di pittura, ma non sono dell'umore giusto, un po' perché l'oroscopo che ho sentito oggi alla radio diceva che il Toro oggi avrebbe avuto una giornata tosta, di quelle che mettono a dura prova anche la nostra determinazione. Quando mi sento così finisce sempre che chiedo ai miei "alunni" ottantenni di esercitarsi a disegnare quella che per loro è "la rabbia", a volte escono delle tele astratte interessanti, ma la maggior parte sono schizzi confusi.

Sono quasi tentata di darmi malata, ma sono troppo testarda per farlo.

«Senti Marco...»

Instagram si illumina con la notifica di una diretta

e mi ricorda anche una notifica che ho ignorato. È un messaggio.

«Chi cazzo è Lorenzo?»

«Come, scusa?» Mio fratello mi lancia una delle sue occhiate perplesse.

«Niente, niente… un tizio sui social.»

Marco alza un sopracciglio, è fidanzato da così tanto tempo con Camilla che quando si sono messi insieme andava ancora di moda Facebook.

Guardo l'orologio di sfuggita sullo schermo dell'i-Phone e scatto in piedi. «Scusa, devo proprio andare.»

Marco annuisce dubbioso, prima di andarsene dà un'occhiata perplessa al salotto di casa, disordinato come al solito, e al divano Carmelo.

«Come fai a vivere in questo posto, non me lo spiego.»

11

Gabriele

«Ciao fratellone!» Lucrezia, apre la portiera della macchina.

La guardo prima dallo specchietto retrovisore, poi mi volto. Lucrezia è un vampiro, sempre la stessa. La pelle bianca quasi di porcellana, occhi chiari e intensi, un naso un po' greco e...

«*First reaction, shock*, eh?» mi sfotte, accarezzandosi la pancia.

«Lucrezia...»

Lei si toglie gli occhiali da sole e se li nasconde tra i neri capelli folti. «Eh già, è esattamente quello che sembra. Sono andata in Cina a studiare due anni il cinese e sono tornata incinta.»

So che verrò giudicato per qualsiasi cosa dirò nei secondi successivi, quindi scelgo bene le parole.

«Lo vedo. Di... chi?» azzardo, come se conoscere il nome cambiasse le cose.

Lei rotea gli occhi al cielo. «Del ragazzo con cui sono stata per gli ultimi sedici mesi, e di cui *voi* non sapete niente.» Non mi ha dato del "voi", sta solo parlando della nostra famiglia.

«È... cinese?» domando, perché i miei genitori non sono razzisti, ma ce l'hanno a morte con gli asiatici, sono molto più bravi di noi a livello commerciale, sono dei competitor contro i quali abbiamo poche speranze. Lucrezia infatti era riuscita a farsi pagare gli studi raggirando i miei, aveva detto loro che una conoscenza approfondita del "nemico" poteva portare grandi benefici all'azienda. In realtà desiderava solo trovare una scusa per farsi pagare un biglietto di sola andata per l'altra parte del mondo, lontano anni luce da loro.

E come biasimarla, se avessi avuto il coraggio lo avrei fatto anch'io, invece sono un sognatore che fa fatica a passare dalla fantasia alla pratica.

Lucrezia fa di no con la testa e io tiro un sospiro di sollievo. «È indiano» afferma dopo, raggiante, e poi continua: «Raji è venuto in Cina a studiare marketing. Andare in America gli costava troppo, e a Delhi aveva già fatto un master, ma voleva di più.»

Ho mal di testa. Gli indiani sono dei competitor temuti tanto quanto i cinesi, dunque anch'essi nemici giurati di famiglia.

«Comunque Raji ci raggiunge a Milano tra qualche settimana, così ve lo presento.»

«Lucrezia, hai idea... tu... sì che hai idea, ma te ne freghi.»

«Certo, sono dei Gemelli» sorride lei, facendo spallucce. Io questa fiducia nei segni zodiacali non l'avrò mai. Insomma, solo perché nasci in un giorno e in un'ora precisa significa che appartieni a una certa categoria prestabilita di persone?

Sfilo dalla tasca il pacchetto di sigarette, e prima di mettere in moto la macchina me ne accendo una.

Lucrezia si sporge in avanti. «A papà cadranno i capelli e a mamma verrà l'ulcera... lo so. Ma Gabri, io SONO INNAMORATA.»

Mi stropiccio gli occhi con la mano libera. «Lucrezia...»

«Lo so, Gabri, lo so.»

«Cosa?»

Lei fa una smorfia. «Sarebbe stato più facile se io non fossi più tornata.»

Vorrei dire qualcosa, ma non mi viene in mente proprio nulla per contraddirla. Perché purtroppo quello che dice è vero.

«Ma comunque starò in casa il meno possibile, rivolgerò la parola a mamma e papà quanto basta. Sono passata a prendere le mie ultime cose, e non appena

Raji arriva ci trasferiamo a Londra, l'inglese è una lingua che conosciamo entrambi.»

«Capisco, be', fai bene» sospiro.

«Senti Gabri... ma l'azienda?»

Tiro giù il finestrino, sporgo la mano e lascio cadere fuori la cenere della sigaretta.

«Cosa intendi?» ed è strano che Lucrezia mi faccia una domanda sull'azienda di papà, siccome di quel posto non le importa assolutamente niente.

«Tutto nella norma, come mai?»

Mia sorella fa un sorriso strano. «Niente, chiedevo... e Giovanni l'avete licenziato?»

«Ma no, che dici, l'autista non lo licenzieremmo mai, oggi semplicemente preferivo passare io a prenderti...»

«Va bene, va bene...» cambia argomento lei. «Ehi Gabri...»

«Sì?»

Lucrezia mi stringe in un abbraccio da dietro. «Sono felice di vederti comunque, e sono felice che sia venuto tu a prendermi.»

12

Irene

«Sushi?»

«Naaa, il poke costa meno» afferma Elena, che si sta preparando per il suo corso di burlesque serale, lo tiene in palestra tutti i martedì e giovedì sera dopo le nove. Elena è seduta sul divano, Carmelo, e indossa già i collant neri e le scarpe di vernice; accanto a lei, una borsa colma di vestiti colorati e piumati. Dall'altra parte della stanza, appoggiata alla finestra non posso fare a meno di pensare che sia davvero uno schianto di donna.

«Giusto, giusto» interviene Daria, che invece sta studiando alcuni fascicoli del tribunale, seduta al tavolo. Stando a quanto ci ha raccontato lei sta seguendo, come avvocato, il caso di una ragazza che ha venduto dei vestiti su Vinted spacciandoli per Missoni, quando invece si sono rivelati delle maldestre imitazioni.

Comunque, come potete vedere io e le mie coinquiline facciamo lavori diversi, abbiamo caratteri opposti, veniamo da pianeti distanti eppure ci siamo trovate a condividere lo stesso appartamento.

Su una cosa, però, siamo tutte più che d'accordo: siamo *le guru del risparmio*. A volte facciamo pure delle sfide: ci siamo scaricate tutte e tre l'app per fare i conti delle spese mensili, e facciamo a gara a chi ha speso di meno. Il premio? Saltare un turno di pulizia dell'appartamento.

«0,50 centesimi in più per il mango, neanche morta» dichiara Daria, che tra tutte e tre è quella che guadagna di più, seppur sia anche la più tirchia.

«Ma gli edamame invece sono inclusi nel prezzo, vero? Mi sa che prendo quelli…» commento io, saggiamente, controllando il vetro della finestra che ha decisamente bisogno di una rinfrescata.

«Okay, il nostro Glovo arriverà tra tredici minuti, preparate la mancia» dichiara Elena, e si infila un top argentato davanti a noi che ormai siamo abituate a vederla nuda.

Io recupero la borsa e frugo nel portafoglio alla ricerca di un euro, mannaggia questo mese ho proprio i soldi contati.

«Elena, lo sai che io la mancia non la do mai» fa spallucce Daria, voltando una pagina del fascicolo.

«Ma certo, l'avvocato senza scrupoli che c'è in te lo conosciamo bene ormai.»

«Che intendi dire?» alza un sopracciglio.

Elena si tira su la zip dietro il top, e non le dà nessuna risposta.

Io rido sotto i baffi perché cerco sempre di tirarmi fuori dalle loro liti. «Ragazze, guardate che io dopo cena avrei da fare... ci muoviamo?» domando, con tono gentile.

«Hai per caso un appuntamento?» mi provoca Daria, che sa che ormai ho scelto di fidanzarmi con l'unica persona che mi sopporta: me stessa.

«Non esattamente, ma volevo disegnare un po'» confesso.

«Ma che strano che dipingi e basta...» mi provoca Elena, e io vorrei ricordarle che, di tutti i famosi uomini affascinanti che ha conosciuto negli ultimi anni, non ne ha ancora trovato uno che non appartenga alla categoria di "caso umano". Sarà che a lezione di burlesque sono presenti per lo più donne che vogliono riaccendere la passione con il proprio partner, ormai congelata da tempo. E che spesso sono gli stessi partner a dare loro un passaggio in palestra, e quando scoprono che è Elena l'insegnante delle loro fidanzate, decidono di accompagnare più spesso le fidanzate.

La mia coinquilina, questo tipo di uomini, se li fa

stare tutti fuori dai piedi. Le è capitata solo una volta una tresca con uno di questi, un uomo affascinante e premuroso che ovviamente giurava e spergiurava di lasciare la compagna il prima possibile, e ovviamente sosteneva a gran voce: "Non è come pensi", "non la amo più ma è complicato" e tutto il corredo di frasi fatte che abbiamo sentito e risentito nei film, nei libri, dalle persone più insospettabili, ma che a quanto pare non passano mai di moda.

«Guardate che se vi mollo per andare a convivere con qualcun altro, chi ve lo paga poi l'affitto?»

«Ce ne faremo una ragione» ribatte Daria, chiudendo il fascicolo e sfilandosi gli occhiali da vista. So che non è sincera.

«A proposito di uomini, mi ha scritto un tizio l'altro giorno su Instagram» butto lì, perché la notizia in sé non ha nulla di interessante, ma le mie coinquiline sono curiose quindi per loro è un boccone succulento.

Difatti Elena e Daria si guardano maliziose, poi Elena si avvicina a me in punta di piedi, sorniona. «Che tizio?»

Mi è già passata la voglia di raccontare loro i cazzi miei, ma non voglio pensino che mi sia inventata tutto. «Si chiama Lorenzo, e a quanto pare è interessato all'arte come me.»

«Esci la foto» ribatte Daria, risoluta, e si alza dal tavolo.

Vado sul suo profilo e ruoto lo schermo del telefono. «Attente a non mettere like...»

Elena prende il cellulare e Daria le si avvicina. Scorrono la home per un po', senza commentare.

«Sembra carino...» butta lì Elena.

«E pure interessante...» aggiunge Daria.

Mi riprendo il cellulare, soddisfatta.

«Stai attenta» mi avverte Elena, «quando non vedi difetti, significa che li nasconde bene e che sono belli grossi...»

«Mi pare normale che sui social si pubblichi solo il lato migliore di se stessi» rispondo, sulla difensiva.

«Su questo ha ragione» mi difende Daria, e poi torna a sedersi al tavolo.

«Comunque chissenefrega, non gli ho nemmeno ancora risposto» commento, e in quell'istante il citofono suona.

13

Gabriele

La cena nella Sala Arancione è riservata agli ospiti speciali, di solito io e la mia famiglia non ceniamo mai qui, a parte stasera. Ma questa non è l'unica stranezza della serata. Oltre ai miei genitori è stato gentilmente invitato nonno Saverio, sotto richiesta esplicita di mia sorella Lucrezia; ed è presente anche la zia Franci (sempre per volontà di mia sorella). Di norma sia nonno sia la zia sono ospiti rari a casa nostra, un po' perché mamma non è in buoni rapporti con Saverio, un po' perché la zia è sempre in giro per il mondo.

«Ciao Miranda! Ma dov'è Lucrezia?» la zia saluta la mamma con un abbraccio caloroso che sprigiona quintali di profumo alla violetta, mamma si irrigidisce come un pezzo di legno, la imbarazza il contatto fisico, saluta sua sorella con un sorriso accennato.

«Ciao Franci, Lucrezia si sta ancora preparando... ti vedo bene.»

La zia annuisce con entusiasmo, indossa un vestito di stoffa indiana che probabilmente arriva dall'ultimo suo viaggio a Delhi. Quando si accorge di me mi schiocca un bacio sulla guancia, marchiandomi con il rossetto violaceo. Evita di salutare papà che se ne sta in un angolo a guardare i risultati della partita sullo smartphone.

«Vogliamo prendere posto?» domanda mia madre, invitando me e la zia a sederci a tavola.

I posti a sedere sono stati assegnati tramite bigliettini di carta, ma nonno Saverio si è già seduto al posto di mia sorella. «Preferisco stare vicino ai miei nipoti...» si giustifica, e mia madre non ribatte.

Sul tavolo c'è un vassoio con delle ciotole ricolme di insalata russa, per ciascuno dei presenti, che mamma ha preso in gastronomia.

«Io eviterei di mangiare l'antipasto, sto seguendo una dieta che suddivide i cibi per colore, e l'insalata russa è inclassificabile, ma in borsa ho delle arachidi...» Zia Franci fruga nella sua Tod's di pelle ecologica.

«Franci, non ce n'è bisogno, possiamo sostituire il tuo antipasto...» interviene mia madre, più per imbarazzo che per cortesia.

Nonno Saverio si versa un generoso bicchiere di

vino, ne beve un sorso, poi si pulisce con il tovagliolo in tessuto. «Manca Lucrezia, ma immagino non si offenda se ho stappato la bottiglia...»

Vorrei dire qualcosa in supporto di nonno, ma ci pensa Lucrezia stessa che fa il suo ingresso in sala: «Nonno Saverio ci seppellirà tutti a colpi di perle di saggezza».

Mia sorella indossa un leggero vestito turchese, stretto sul seno e largo sui fianchi, che a differenza di quello di stamattina le copre le forme, anche se un occhio attento potrebbe comunque notare la leggera incurvatura della pancia.

«*Darling*, ma sei radiosa!» Zia Franci spara un inglesismo completamente a caso; dopo aver passato un mese della sua vita nel Regno Unito in viaggio per la Cornovaglia, parla come se fosse uscita da *The Crown*.

«Posso portare via l'insalata russa?» Il tizio del catering assunto per la serata, mai visto prima, indossa dei guanti bianchi che mi fanno pensare a Topolino. Annuisco porgendogli il piatto.

La cena procede inaspettatamente rilassata, mia sorella mi ha promesso che non farà nessun annuncio sulla gravidanza e spero non ne faccia nemmeno uno sul suo ragazzo. Le ho detto che deve dare qualche giorno a mamma per abituarsi alla sua presenza, prima di sferrare il colpo di grazia.

Eppure, il fatto che Lucrezia stia rifiutando il terzo bicchiere di vino offerto da mia zia potrebbe aver destato sospetti. Per questo devo inventarmi assolutamente qualcosa per distrarre gli ospiti.

«Allora, zia Franci, progetti per il tuo prossimo viaggio?»

«*Honey*, ne ho tantissimi.» Alza il bicchiere di vino in segno di un brindisi immaginario. «Prima di tutto il Kenya, poi mi piacerebbe tornare in India... ma questa volta non con un viaggio organizzato, piuttosto vorrei prendermi una guida locale...»

«Con tutti i posti che ci sono da vedere, proprio l'India» la interrompe mio padre, che tenta di fare conversazione a suo modo.

«Prima di giudicare un intero continente forse dovresti informarti un po' papà.» Lucrezia si intromette a gamba tesa nella conversazione e questo non è un buon segnale.

«Ha ragione» asserisce zia Franci, strizzandole l'occhio.

«Tesoro, da quando sei un'esperta di India? Ricordavo avessi fatto gli studi in Cina, non a Nuova Delhi...» afferma con una risata d'accompagnamento papà.

«Gli studi che io le ho pagato» interviene nonno. Papà si irrigidisce.

«Allora, com'era l'antipasto? Qualcuno che esprima un parere su questa cena?» mamma si alza letteralmente in piedi, invita il cameriere a portare il primo: ravioli di brasato e tartufo nero.

«Nonno ha pagato i miei studi?» chiede Lucrezia, stupita.

«L'ho fatto volentieri, tuo padre non ama l'Oriente, e io mi sono offerto di farti un regalo» le risponde lui.

Ma Lucrezia fissa papà confusa.

«In Cina ci sei andata, no? Fine della conversazione» dichiara lui, guardando altrove.

«Ha un significato completamente diverso, perché ti ricordo cosa mi hai chiesto in cambio...»

«Cosa le hai chiesto in cambio?» chiede mia madre, mordendo un sottaceto.

Papà si stringe nelle spalle. «Una cosa tra noi.»

Lucrezia scuote la testa. Mamma la guarda negli occhi, cercando di carpire qualche informazione, ma mia sorella corruga la fronte, spaesata.

«Prima di partire per la Cina ero andata dal commercialista. Siccome l'azienda è intestata a me e a te Gabri, volevo capire cosa fare con le mie quote...» fa una pausa, un po' troppo lunga.

Papà a questo punto fa una cosa che nessuno si aspetta, si alza in piedi e lancia una bomba. «Abbiamo dei problemi economici, ma non sono così gravi, ho solo chiesto a Lucrezia di darmi il tempo di rimediare e di non dire niente a tutti voi...»

«Mi ha detto che mi avrebbe pagato il viaggio in Cina in cambio del mio silenzio, ma ha anche promesso che avrebbe rimediato al più presto e pagato i debiti…»

«Ti ha comprato in cambio della specializzazione in Cina che poi non ti ha nemmeno pagato?» intervengo io, e Lucrezia sembra davvero dispiaciuta.

«Scusami, Gabri, ma papà mi aveva promesso che te lo avrebbe detto… e le volte che ci siamo sentiti mi hai raccontato che le cose in azienda non andavano bene… così ho pensato che ti avesse avvisato…» conclude, mordendosi il labbro.

«Non andavano bene ma nessuno mi ha detto che andavano così male…» le rispondo, sconvolto.

«Quanto male siamo messi?» domanda mamma sottovoce.

Zia Franci guarda papà allarmata…

Papà si schiarisce la voce. «Non benissimo… volevo parlarvene, è da un anno che ci provo…»

«Siamo pieni di debiti?» mamma inizia a grattarsi il collo, provocandosi un eritema.

«No, i debiti li ho pagati tutti…» ci rassicura papà guardando Lucrezia, poi aggiunge: «Però tra un po' non potremmo più permetterci questo tenore di vita, ecco…».

«Nello specifico cosa intendi?» chiedo.

«Che prima di fare dei figli voi due dovreste trovarvi un lavoro un po' più solido» ironizza papà.

Lucrezia si alza in piedi. «Sono incinta.»

Io tiro fuori il pacchetto di sigarette, lo voglio finire.

14

Irene

Mentre Elena pulisce i resti della cena e Daria spazza il pavimento, io ridispongo i soprammobili che avevo tolto dal tavolo. Tra questi recupero anche la bolletta che era finita dietro a un vaso di fiori finti, e che dovevo pagare io entro stamattina.

«Ragazze vi saluto, vado un po' a disegnare...»

Mi rispondono bofonchiando qualcosa in sottofondo.

Entro in bagno, indosso una fascia e mi spalmo una generosa dose di crema sul viso, poi vado a rifugiarmi nella mia stanza, il mio covo, tiro fuori la tavoletta grafica e riprendo un mio autoritratto che avevo iniziato qualche giorno fa. Mi fermo un attimo a guardarlo, è il mio volto, ma mi riconosco? Capelli rossi tagliati sopra le spalle, un sorriso accennato, una spruzzata di lentiggini. È il ritratto di una ventottenne qualunque, ma con uno sguardo spento. È il ritratto di una ragazza che si sente sola. Riprendo in mano la penna e cerco di cambiare il colore delle iridi, di renderle più accese, più piene di vita.

Sono sola o mi sento sola? Dovrei sentirmi sola perché non ho un uomo? Mi sembra un pensiero un po' arretrato, non siamo più negli anni Cinquanta. Eppure, al momento, è così. Mi sento sola perché mi manca qualcuno da abbracciare, con cui ridere, a cui raccontare com'è andata la giornata, e qualche cazzata... ecco appunto, sono cazzate, no? E allora perché la loro mancanza mi fa sentire incompleta?

Torno a ispezionare il disegno, gli occhi sono un po' meno opachi, ma non abbastanza espressivi.

Va bene, ho aspettato tutta la sera per mettermi a disegnare e ora non riesco a concentrarmi... tipico.

So cosa devo fare per rimediare, togliermi quel pensiero fisso che ho in testa.

Afferro il cellulare e vado su Instagram, leggo e rileggo il messaggio di Lorenzo e senza pensarci più di tanto rispondo: "Ciao, piacere Irene. Grazie mille del complimento, non è così facile trovare gente che apprezzi la mia arte...".

Cancello, "apprezzi la mia arte" è patetico.

"...qualcuno che se ne intenda di arte."

Cancello, pretenzioso.

"...è bello sentirsi apprezzati."

Invio, metto in carica il cellulare e lo spengo, torno a disegnare, più rilassata di prima.

15

Gabriele

Dopo che Lucrezia ha annunciato di essere incinta, ovviamente la cena è finita. Zia Franci è tornata a casa, gli altri si sono ritirati nelle proprie stanze, al tavolo siamo rimasti solo io, nonno, papà e i resti della cena.

Mio padre ha sputato il rospo: il mercato dei bagni chimici è florido, soprattutto in questo periodo dell'anno, durante la primavera abbiamo un sacco di prenotazioni per via dei concerti indie. Quindi è poco chiaro a tutti come papà abbia fatto investimenti talmente sbagliati da impedirci di recuperare persino ora... Prima di tutto perché l'azienda in teoria è intestata anche a me, e dovrei essere al corrente di tutto, quindi papà mi ha deliberatamente ignorato.

Secondo perché, da quando nonno ha aperto l'azienda, come vi dicevo, non siamo sempre stati nel commercio dei bagni chimici, prima ci occupavamo di video-cassette, e ancora prima di vasi da fiori. Ma grazie a nonno Saverio siamo sempre stati sul pezzo, non abbiamo mai sbagliato settore.

Quindi come spiegare la crisi?

Semplice, papà senza dircelo ha fatto investimenti sbagliati, in *settori sbagliati.*

Si è convinto che investire sulle app fosse la nuova frontiera, quando in realtà la maggior parte delle volte sono un completo fallimento. Pensate al vostro amico nerd a cui quella volta è venuta la folle idea di inventare un'app per aiutarti a stabilire quale taglio di capelli sia più adatto a te. Nella maggior parte dei casi o ci ha già pensato qualcun altro, ed esiste già, oppure ci ha già pensato qualcun altro che si è reso conto prima di te che fosse un'idea di merda.

Ma dài, scusate, hanno già inventato il Tinder per cani, e l'app per votare i migliori posti dove andare in camporella.

Cos'altro si può inventare?

Bene, mio padre ha investito cinquecentomila euro in un'app che ti permette di ordinare oggetti di cui non hai realmente bisogno, utilizzarli per una settimana per toglierti la voglia, e poi restituirli. Una sorta di "adozione" di oggetti per sette giorni, da vestiti da sera, a vasche da bagno, a televisori costosi.

Ho spiegato a mio padre che il concetto fondamentale su cui si costruisce la sua app (che, apriti cielo, ha chiamato App-però!) è lo stesso di Amazon e di Wish.

La gente compra degli oggetti inutili, li prova qualche giorno, e poi li restituisce: Amazon, Wish.

Papà ha affermato che lui non ha mai restituito nulla su Amazon, anche se giusto qualche ora prima ha suonato il corriere, e mia sorella Lucrezia ha fatto un reso di una cuffia per fare la doccia a tema unicorni che aveva ordinato in aeroporto in Cina, mentre aspettava di prendere il volo per l'Italia, perché si annoiava.

E papà si è sentito male.

Morale? Con l'esperienza si impara, è il detto più antico del mondo: gli uomini primitivi che si sono scottati con il fuoco non l'hanno toccato una seconda volta. Dopo che G. mi ha spezzato il cuore io ci penserò due volte prima di farmelo ridurre in poltiglia di nuovo (lezione di storia sull'australopiteco, forse ora mi torni utile). L'esperienza è l'unica cosa che ci guida davvero, sentimenti, emozioni partono tutti da lì.

Per questo la mia esperienza mi dice che nelle brutte situazioni devo far riferimento a Lorenzo. Così chiamo il mio autista Giovanni e mi faccio portare dal mio migliore amico.

In sala d'aspetto attendo una mezz'ora che finisca il turno, poi gli ho proposto di andare a giocare a tennis.

Davanti a me, in sala d'aspetto, è seduta una donna che beve birra in lattina, lunghe e rumorose sorsate.

Intanto che attendo tiro fuori il cellulare e rileggo il messaggio di Irene, volevo risponderle subito, ma preferisco prima confrontarmi con Lorenzo, dopo avergli raccontato del casino che ha fatto mio padre.

La donna accartoccia la lattina vuota nel palmo della mano, poi mi fissa.

«Quando lo faccio, penso al cuore del mio ex marito.»

Deglutisco, e fingo di non aver sentito.

«Lei è sposato?»

La domanda mi arriva dritta in faccia insieme a una folata di alito alcolico.

«No...»

«Fidanzato?»

«No, no...»

«Vedovo?» mi sorride. Apro la bocca per dire qualcosa ma lei scoppia a ridere.

«È qui per...» siccome questo è il reparto di cardiochirurgia, non mi viene in mente nessun altro motivo per cui questa donna debba essere qui, a meno che non aspetti anche lei Lorenzo.

Lei alza un braccio e fa un gesto molle e lento, come per scacciare una mosca immaginaria, poi lascia ricadere la mano pesante sulla lunga gonna a fiori.

«No, per nessun intervento, grazie a Dio. Lei?»

«Aspetto un amico, il medico...»

«Ah, un amico» tira la lattina accartocciata in un cestino accanto alla mia sedia, non lo centra. Mi abbasso a raccoglierla.

«Ti posso dare un consiglio... come ti chiami?»

«Lorenzo.» Non so perché lo dico.

«Lorenzo, non fidarti degli amici» mi dice, appoggiando entrambe le mani sulle ginocchia, come un animale in procinto di balzarmi addosso. «Gli *amici stretti*... sono dannosi, usa la tua testa, sempre!»

Annuisco lentamente.

«Ehi, ma guarda un po' chi c'è.» Lorenzo mi dà un pacca sulla spalla, poi fa un cenno di saluto alla donna seduta davanti a me, che ricambia affabile.

«Mariarosaria, torniamo a casa, eh?»

Lei annuisce, si alza lentamente e se ne va.

Il mio amico scuote la testa. «Viene qui tutte le settimane, spesso sbronza» racconta Lorenzo, mentre lei barcolla lungo il corridoio.

«Ma chi...»

«Era un'anestesista fantastica.»

«Quella?!»

Lorenzo si toglie il camice e se lo mette sottobraccio. «Oh, sì, una delle migliori. Poi un girono ho operato la sua migliore amica, e lei le ha dovuto fare l'anestesia.

Tu non ne hai mai fatta una, ma vedi quando ti svegli è un po' come essere ubriachi. È lì che la sua migliore amica le ha confessato che aveva una relazione con suo marito, da anni.»

«Mi prendi per il culo?» Torno a cercare la donna lungo il corridoio, ma è già svanita.

«Mai stato così serio. Sul lavoro e nel campo da tennis lo sai, non scherzo mai» sospira. «Allora, cos'è successo con tuo padre?»

16

Irene

«Bene ragazzi, molto bene, oggi approfondiamo il "puntinismo", qualcuno di voi ha una vaga idea di che cosa sto parlando?» Gli anziani mi sbirciano dietro i loro cavalletti. C'è una bella luce nella Casa di riposo Fiordaliso, che è una di quelle che amo di più frequentare, a parte il direttore, che è davvero insopportabile e la paga è misera, ma la distanza casa/lavoro tollerabile.

Golfino rosa e capelli argento alza la mano.

«Prego...»

«Dobbiamo dipingere puntini?»

Sorrido. «Esatto Elda, a volte l'indizio sullo stile è racchiuso nel nome stesso.»

«Tipo surrealismo?»

«Giusto, Giuseppe!»

«Ma perché dobbiamo copiare lo stile di gente che *l'è* morta, a me *piaas no*.»

«Carlo, dài... un po' di pazienza.» Mi avvicino alla tela e noto che ha già iniziato a dipingere, ovviamente nulla che abbia a che fare con il puntinismo.

«Sono...»

«Le donne della mia vita! Le mie galline. *Tel chi,* questa l'è Maria, questa Antonietta...»

Mi schiarisco la voce. «Perdonami, Carlo, ma qui noi non diamo delle galline alle donne. Inoltre non avevo detto di disegnare...»

Carlo aggrotta la fronte rugosa «Ma t'è matta? Io mica dico che le donne sono galline, dico che amo le galline più delle donne!»

«Ecco, appunto...» sospiro, e me ne torno alla "cattedra" una vecchia scrivania che è stata donata alla casa di riposo da una scuola che se ne voleva sbarazzare.

«Allora, oggi parliamo di Paul Signac, George Seurat... cosa fate con i pennelli già in mano, devo ancora spiegarvi la tecnica!» urlo poi. E i miei alunni si bloccano.

«Irene, tutto bene?» Sulla porta c'è l'odioso direttore, un uomo di un metro e novanta per cento chili, con una voce cavernosa e un ego ancora più ingombrante.

«Sì, certo, stavo spiegando loro...»

«Puoi uscire un secondo, Irene?»

I miei alunni iniziano a fare versi strani, tutti rivolti al mio capo.

Mi chiudo la porta alle spalle. «Allora, qual è il problema? Ti ho già detto che non puoi alzare così la voce, sono anziani.»

Appunto, vorrei dirgli, sono sordi. Invece mi rassetto l'abito e cerco di scegliere le parole. «Ma molti di loro non ci sentono bene, altri non mi ascoltano, non è facile...»

«Forse perché non sai farti rispettare» suggerisce lui, lisciandosi i baffi.

«Prego?»

Ecco, questo è uno di quei momenti in cui mi chiedo perché ho scelto di fare questo lavoro, se seguire il mio sogno di insegnare pittura e dipingere come mia madre non sia stato un enorme errore, e avrei invece dovuto puntare a una professione più solida, con meno concorrenza, e nella quale se il capo si permette di proferire una frase del genere possa mandarlo a cagare.

Ora ho le mani legate invece, perché se dovessi perdere questo lavoro, sarei finita.

«Dicevo, forse è colpa tua.»

«Vedrò di stare più attenta, non capiterà più» inspiro, cerco di rilassare i muscoli del viso, ma la mia voglia di tirargli un pugno sul muso è tanta.

«Potrei... andare un momento in bagno?»

Lui ci pensa addirittura un po' su, prima di darmi il permesso.

Nel corridoio passo davanti alle bianche stanze della casa di riposo, i letti singoli con le coperte inamidate, il profumo di disinfettante, la luce chiara che riflette sul bianco dei cuscini. Questo posto è luminoso come il paradiso, eppure con il direttore è l'inferno.

Mi chiudo dentro un gabinetto, sul davanzale della finestra qualcuno ha dimenticato un accendino e un pacchetto di sigarette.

Io non fumo, ma oggi decido che ne ho bisogno.

Accendo e faccio un tiro, ma mi viene da vomitare. Intanto il mio cellulare vibra, è una notifica di Instagram.

"Il mio quadro preferito, tra i tuoi, è quello della donna che dorme dentro a un narciso. Ti va di raccontarmi qualcosa del dipinto?"

Chiedo per un'amica

I social hanno abbattuto qualsiasi barriera, puoi conoscere chiunque, ovunque, stando semplicemente sul divano di casa.

Vedi una foto? Like. Vedi una storia? Mandi una reaction. Facile, no? Allora perché ti stai ancora chiedendo se farlo? SCRIVIGLI! Non perdere tempo, nessuno ha mai detto che sono gli uomini a fare il primo passo, anzi, una presa di posizione è sempre apprezzata.

17

Gabriele

«Fermati pure qui Giovanni, faccio due passi a piedi.» Saluto l'autista, apro la portiera e salgo sul marciapiede, il sabato mattina mia madre è sempre alla spa, e non sarà di certo un problema di famiglia a fermare il suo bisogno di maschera all'argilla. Mi fumo due sigarette una dietro l'altra prima di entrare. Le dita si ungono di nicotina, il fumo mi avvolge come una coperta per proteggermi dai miei stessi pensieri, ma dura giusto un istante. Poi saluto la receptionist, che ormai conosco, e le chiedo se mia madre sia già nella vasca idromassaggio o ancora nel bagno turco. Lei mi risponde che è ancora al primo step, il bagno turco, che io odio.

Così raccolgo l'entusiasmo, mi metto anch'io costume e ciabatte pronto a raggiungerla. Non che ne abbia gran voglia, di solito sudare non è proprio una cosa che mi faccia impazzire e il bagno turco è come una vacanza in Thailandia ad agosto, ma mia madre stamattina mi ha mandato un messaggio WhatsApp disperato, facendomi intendere che aveva un gran bisogno di parlarmi.

E quindi, eccomi qua.

Apro la porta e vengo avvolto da una nuvola di vapore denso e balsamico.

«Mamma?» mi sembra di brancolare nella nebbia. Sto brancolando nella nebbia.

«Gabri? Sei tu?» la sua voce arriva dal fondo della stanza, mi appoggio al muro ruvido, una sorta di replica di una grotta marina.

«Come stai?» domando, scavalcando una gamba maschile.

«Come dovrei stare?» la sento quasi singhiozzare. Finalmente intravedo la sua sagoma. Mi siedo accanto a lei, ha il volto rigato... non capisco se da lacrime o da sudore.

«Ho annullato sia il pilates sia l'osteopata oggi pomeriggio. E non ho nemmeno intenzione di passare a farmi sistemare lo smalto. Ho anche disdetto la cena con le amiche del gruppo di lettura, e non ho nemmeno voglia di accompagnare tuo padre a teatro stasera» elenca, come in una dichiarazione di guerra. Accidenti, sta messa davvero di merda.

«Mamma, non devi farne un dramma. Risolveremo il problema, non stiamo mica morendo di fame, per ora.»

«Sssh!» Mi afferra il braccio. «C'è il figlio del dentista

qui dentro, l'ho visto prima quando mi toglievo l'accappatoio, nessuno deve sapere dei nostri problemi.»

Sospiro.

Lei si ricompone: «Senti, Gabri, martedì per pranzo devi assolutamente essere libero» dice poi, con nonchalance. Al posto dell'odore balsamico inizio a sentire odore di guai.

«Perché?»

La sento sospirare. «Dobbiamo incontrare una persona... che conosci...»

«Che significa "dobbiamo?"»

«Significa che ti devo far parlare con una persona. La figlia di un imprenditore importante.»

Non ci credo. «Mamma, per l'amor di Dio, non siamo in *Bridgerton*, tu non puoi presentarmi delle ragazze e indurmi a sposarle per la dote...»

La sua voce si fa seria. «Gabriele, le serie tv si ispirano sempre a qualcosa. E questa "cosa" è la realtà.»

«Ma non è vero! E poi allora anch'io qualche mese fa ho conosciuto la figlia di un politico, se proprio vuoi fare pressione falla almeno su una ragazza che trovo gradevole!»

Mamma addolcisce la voce: «Di che partito?».

«I Verdi, credo.»

Mamma scoppia a ridere. «Sì, vabbè, quello non è un partito.»

«Ma mamma!» protesto indignato.

Piccola parentesi, mia madre è nata e cresciuta in una modesta famiglia di instancabili lavoratori, sono convinto che il suo amore per papà sia puro, ma mentirei se vi dicessi che se papà non fosse stato ricco sfondato lei l'avrebbe sposato lo stesso. Insomma, sì, mamma è un'arrampicatrice sociale, e viene pur sempre dalla profonda periferia. E questa è anche la sua forza.

«Dimmi che farai un tentativo, per me.»

Sospiro. «Per te, lo farò. Ma chi è questa persona?»

18

Irene

"Il mio dipinto parla..."

Di che cosa parla? Con una tazza da tè piena di moscow mule valuto bene cosa scrivere a Lorenzo, sono ancora chiusa nella mia "tana" con le tapparelle abbassate e il solo cellulare come fonte di luce. Mi sono presa un po' di tempo per rispondergli, la verità è che io dipingo quello che mi va di dipingere, non lo faccio mica per esporre un tema preciso e non scelgo in anticipo il soggetto... mi viene così, in base all'ispirazione. Ma devo pur inventarmi qualcosa di intelligente da dire, anche perché proprio adesso è online e non voglio perdere l'occasione di chattarci un po'.

"Il mio dipinto parla dell'emancipazione della donna. Per combattere il cliché della ragazza che riceve i fiori dal proprio fidanzato, ne ho disegnata una che dorme sopra un fiore."

Che scemenza. Cancello.

"Il mio dipinto parla di me… parla del 'trovare la propria natura' ecco perché ho rappresentato la natura."

Invio senza rileggere, e me ne pento subito.

Ma Lorenzo visualizza subito, e risponde: "Molto profondo".

Mi prende in giro? O è serio?

"Raccontami come hai scoperto di voler fare la pittrice" aggiunge poi, con uno smile finale.

Oh, be', questa risposta richiede un lungo sorso di cocktail.

"Mia mamma era una pittrice, ha dovuto mollare la professione per mantenere me e mio fratello. Sai, la crisi del 2008 ha messo in ginocchio l'Italia… poi si è ammalata qualche anno dopo, e quindi ha smesso di farlo anche per hobby. Una storia triste."

"Mi spiace per tua mamma."

"Grazie, è passato tanto tempo ma mi manca molto. Tu di cosa ti occupi?"

Ci mette un po' a rispondere. "Medicina."

"Di che tipo?"

"Chirurgia, lavoro all'ospedale San Giovanni."

"Wow, bella tosta come scelta." Non ne so nulla di medicina ma si sa che chi sceglie chirurgia di solito si fa un culo quadro a passare gli esami.

Ancora una volta la sua risposta tarda ad arrivare. “Tuo fratello che lavoro fa invece ora?”

In che senso “ora”? “Mio fratello ha perso il lavoro da poco, e adesso è ancora disoccupato” rispondo.

“Ma non sta cercando lavoro?”

“Sì, certo, credo di sì, ma non è così semplice di questi tempi.”

“Ha provato anche su LinkedIn?”

La sua apprensione per mio fratello è strana, ma anche dolce.

“Non lo so, glielo dirò!”

“Fammi sapere!”

“Va bene...”

Lo vedo online per un po’, poi si disconnette, infine, dopo qualche minuto, mi scrive: “Scusa se ti sono sembrato strano, ma mio padre è un sindacalista, mia madre invece un’assistente sociale. Siamo molto premurosi in famiglia.”

Ah, ecco spiegato tutto.

“Capito! E tu invece come mai hai scelto medicina?”

“Non svengo quando vedo il sangue, ero bravo in scienze e sono piuttosto altruista.”

“Fico” Mi ha dato almeno tre motivi, io ne ho tirato fuori solo uno.

“Senti Irene, ora ti devo salutare, ma mi ha fatto piacere chiacchierare con te.”

"Anche a me!"

"Bene, allora buona serata."

Ammazzo il mio cocktail in una lunga sorsata, poi accendo Netflix, ma ho già visto tutto.

"Anche a te!"

19

Gabriele

Una lettera di denuncia da parte di Irene. Questo è il regalo che trovo sulla mia scrivania, il giorno dopo.

«Un rimborso di cinquantamila euro?» sussurro, leggendo velocemente le prime righe.

«A quanto pare ha fiutato che hai il grano… La raccomandata è arrivata qualche giorno fa, ma sei stato così preso in questi giorni che non ho avuto tempo di parlartene…» Simone, che è sia il mio segretario sia il mio uomo di fiducia al quale racconto tutti i retroscena aziendali, è stato da poco informato sulla situazione economica della BS. Per questo sta bevendo un bicchiere di whisky preso nel bar qui difronte, durante la pausa sigaretta delle dieci del mattino.

«E, Gabri, io non sono di certo il tuo contabile ma… non credo tu te lo possa permettere adesso un rimborso del genere. Io chiuderei la faccenda con quello stronzo tramite avvocati… anche se pure gli avvocati costano…»

«“Quello stronzo” lavorava con te fino a qualche settimana fa, ricordi?»

Simone sbuffa e si guarda le unghie. «Gabri, un consiglio… posso?»

Annuisco, pronto a sentirmi dire che sono troppo political correct, cosa che Simone mi ripete da quando l’ho assunto.

«Sei troppo buono, e questo già lo sai. Ma ascolta bene: nel tentativo di accontentare tutti si finisce per non far felice nessuno.»

Bang.

«Non esageriamo…»

Si appoggia con il sedere sulla mia scrivania. «Lo sai che ho ragione, Gabri.»

Sospiro. «Non ero a conoscenza del tuo master in filosofia. Ti avrei assunto come HR se lo avessi saputo, ti sarebbe andata meglio! Aspetta, no… perché l’HR l’ho dovuto licenziare sotto pressione di mio padre che ha *scialacquato* il patrimonio di famiglia. Ho licenziato una persona che non aveva colpa e ho dato fiducia a un’altra che mi ha deluso, ecco cos’ho fatto.»

Rotea gli occhi al cielo. «Allora, se mai è colpa di tuo padre.»

«È *anche* colpa di mio padre.»

Alza un sopracciglio. «Tutti commettiamo ingiustizie Gabri, eppure ci alziamo dal letto ingoiando il rospo tutte le mattine» dice, e manda giù del whisky.

«Okay, Socrate, per oggi abbiamo finito.» Liquido Simone con un gesto della mano.

«Ah, un'ultima cosa, Benedetta Rossi ha richiesto due giorni di ferie per l'ultima settimana di aprile, e le ha richieste anche Antonio per la stessa data... Solo perché vogliono fare entrambi il ponte lungo» mi annuncia, prima di uscire.

Mi schiarisco la voce. «Okay...»

«Immagino che darai le ferie a entrambi per non sentirti in colpa, lasciando l'azienda a corto di personale proprio durante il periodo del concertone del 1° maggio. Giusto?»

«Giusto.»

Giusto, io non sono davvero capace a dire di no.

Nell'ufficio cala il silenzio, sono solo con le mie scelte, il mio lavoro, i miei dubbi.

Apro Instagram, sono troppo buono, lo so. Penso a Irene, a quanto mi sembri pura. Amici stretti. Ma certo! La inserisco nell'elenco degli amici stretti di Instagram, o meglio metto solo lei e penserà di vedere dei contenuti per pochi ma in realtà saranno SOLO per lei.

Avevo sentito parlare di questa funzione ma non ne avevo mai capito l'utilità, cioè uno vuole condividere poi improvvisamente no, anzi solo per pochi, boh. Invece adesso mi torna utile, un po' come gli squilli negli anni Novanta: puoi mandare un messaggio diretto SENZA mandare un messaggio diretto, è più sottile.

Cerco dei quadri che ritraggono donne su Google, apro una foto non a caso, il ritratto di Jeanne Hébuterne, che è uno dei quadri più famosi di Amedeo Modigliani e raffigura una pittrice per la quale lui perse la testa.

Sottile, ma con stile.

La posto.

Dieci minuti e lei la vede.

Dodici minuti e lei commenta: "La ritrasse più di venti volte, come a non volersi mai dimenticare di lei".

Goal. Ci ho preso.

20

Irene

«Mi chiedo a cosa stai pensando...»

Marco oggi mi ha accompagnata a correre al parco, abbiamo fatto cinque chilometri girando in tondo. Di solito quando corro da sola ascolto audiolibri, le storie d'amore degli altri mi fanno dimenticare il bruciore ai polpacci. Invece quando corro con qualcuno chiacchiero (mi alleno almeno due volte a settimana la mattina, prima delle lezioni di pittura, oppure la sera). Ma oggi sono muta come un pesce, e anche più distratta e scoordinata del solito.

Il fatto che Lorenzo mi abbia aggiunto agli amici stretti mi ha in qualche modo stranito, come se volesse nascondere al mondo, ma non a me, una parte di sé, lo trovo affascinante.

«A niente. Come l'ha presa Camilla la storia del licenziamento.» La verità è che stavo pensando a Lorenzo, alla nostra ultima conversazione sui social.

Sapete quel pallino che vi fa continuamente pensare a lui? Da qualsiasi cosa, il collegamento a lui sarà sempre immediato. ECCO. Quel pallino.

«Abbastanza bene, vede che sto mandando CV ovunque.» Marco evita con uno slalom un una coppia che si è fermata proprio in mezzo al sentiero a baciarsi. «Il tuo lavoro invece?»

Inizio a correre più veloce, Marco aumenta anche il ritmo. «Io al solito, amo il mio lavoro, odio il mio capo.»

Marco mi dà una leggera spinta che per poco non mi fa inciampare.

«Benvenuta nel club, io ho tirato avanti *anni* in quell'ufficio di merda con Gabriele.»

Decelero, avverto i muscoli caldi e la stanchezza che piano piano mi assale. «Sì, ma come hai fatto?»

Marco si ferma in prossimità di una panchina, fa un affondo appoggiandoci sopra un piede, la terra si stacca dalle sue scarpe: «Il lavoro non è tutto, te lo devi sempre ricordare. E poi i colleghi non erano male, a parte Simone, il suo leccapiedi.» Tira fuori dallo zaino una borraccia e fa una lunga sorsata.

«Ma per me il mio lavoro *è tutto* perché coincide con la mia passione. Non c'è niente che io ami così tanto.»

Marco si pulisce con l'avambraccio, asciugandosi la bocca. «Una delle prime cose che ho imparato facendo colloqui su colloqui a centinaia di sconosciuti sai qual è?»

Faccio di no con la testa, poi mi rifaccio la coda.

«Diversificare. Non bisogna mai puntare su un unico profilo, non si assumono solo impiegati precisi ma poco loquaci, o persone creative ma poco precise.»

«Dunque?»

«Anche tu dovresti diversificare un po', investire su qualcos'altro nella vita, non solo sull'arte. Trovati un fidanzato, esci più spesso, vai al cinema con le amiche.» Marco si piega per allacciarsi una scarpa.

«Guarda che io diversifico! Ogni tanto esco dalla stanza, vado a correre… con te…»

Marco fa una smorfia. «Sì, ma Ire, quando intendo diversificare, intendo uscire dagli schemi, fare qualcosa…»

«Cosa?»

«Hai capito, Ire, fare qualcosa. Non ti sto dicendo che devi sognare per forza un mutuo e una casa con giardino come me, ma prima che mamma se ne andasse tu avevi dei sogni… poi ti sei spenta.»

Una leggera brezza mi scosta una ciocca rossa di capelli, che subito sistemo di lato. Ha ragione, ho smesso di prendermi cura dei miei sogni, perché la realtà si è fatta avanti così prepotente che mi ha letteralmente messa con le spalle al muro e non c'è stato spazio per altri sogni. Non c'è stato spazio per me. Non c'è stato spazio per niente.

«Sì, ma non ho più mica sedici anni, non posso mica partire per l'Erasmus e tanti saluti. Le cose sono cambiate, Marco, ora dobbiamo badare a noi stessi, e io sono abbastanza fortunata da fare un lavoro che coincide con la mia passione. Sono a posto così, sto bene, non ho bisogno d'altro.»

Marco mi offre un sorso della sua acqua che accetto volentieri, siccome io la mia l'ho dimenticata, come al solito.

«Secondo me dovresti darti la possibilità di fare anche altro oltre a dipingere, provarci almeno.»

Faccio un lungo sorso prima di sedermi sulla panchina. Poco più in là la coppia che prima si stava baciando ora è intenta a mangiare un gelato. Lei ha un sorriso in faccia di quelli che vedi dipinti sul volto di una ragazza solo in due casi: quando qualcuno ti fa un complimento inaspettato, e quando il complimento inaspettato arriva dalla persona di cui sei innamorata.

Mi domando quand'è stata l'ultima volta che sono uscita con qualcuno che mi abbia fatta sentire così, come uno di quei quadri. E anche se non ha senso, e probabilmente questa stupida idea mi bazzica nel cervello solo perché ho una fitta di mal di testa per gli occhi gonfi a causa dell'allergia ai pollini, non posso fare a meno di pensare che magari Lorenzo, e il suo interesse per l'arte, e il suo spirito generoso, possa colmare un vuoto.

Chiedo per un'amica

I ricordi, le emozioni… sembra tutto meraviglioso. La tua mente elabora solo il bello, dimenticandosi le cose brutte e facendoti credere che sia stato tutto oro. Abbi il coraggio di essere oggettiva, ricorda anche il buio.

Non ti sei persa niente.

21

Gabriele

"Ciao, che fai?" Il messaggio di Irene mi sorprende, proprio mentre stavo per andare in bagno.

"Guardo un docu su Sky Arte, tu?" butto lì, perché la frase mi sembra appropriata. Non so nemmeno il numero del canale, ma i pensieri viaggiano così veloci che non ho nemmeno il tempo di pensare alla cazzata appena scritta.

"Ah, sì? Quale?"

Ecco. Appunto.

Sono tentato di googlare "docu Sky Arte", ma temo desterei sospetti se le rispondessi dopo troppo tempo. Guardo la tavoletta del water davanti a me, in cerca di una rapida idea, poi le scrivo: "Quello su Manzoni, *Merda d'artista*". Sono un genio.

"Oh, wow quello mi manca."

Richiudo la porta del mio bagno e torno a sdraiarmi

sul letto. "Tu che fai?" le scrivo, e sono curioso, davvero.

Risponde subito: "Oggi pomeriggio sono andata a correre con mio fratello, stasera sono morta sul divano, mi godo il meritato riposo finalmente".

In me parte una sorta di allarme interiore, perché ha appena citato il nome di Marco: "Come sta tuo fratello? Ha trovato lavoro?".

"Non ancora."

Sistemo il cuscino dietro al collo, e mi ripeto che d'ora in avanti devo smetterla di risultare così insistente sulla questione "suo fratello". Intanto però Irene mi manda un nuovo messaggio.

"Ti va di fare un gioco per conoscerci meglio?" mi sorprende lei.

Questo tipo di gioco è pericoloso perché può tirar fuori dettagli imbarazzanti della tua vita. Figuratevi per uno come me, che si deve inventare tutto. Ma ovviamente non posso mica tirarmi indietro. Vado in cucina, mi verso un bicchiere di Coca-Cola, torno in stanza, mi stiracchio un po' le braccia e sono pronto.

"Spara."

"Allora, io ti faccio una domanda e viceversa, devi rispondere senza pensarci. Ovviamente se è troppo scomoda possiamo scrivere 'passo', okay?"

Mi tiro su a sedere, vorrei dirle che questo "gioco"

a casa mia si chiama semplicemente "avere una conversazione", ma lascio perdere.

"Okay, ci sto"

"Okay, allora inizio io. Mandami un messaggio vocale qui su IG, voglio sentire la tua voce."

Fisso lo schermo inebetito. Sentire la mia voce, non ci avevo mai pensato ma è una cosa davvero tanto personale. E poi, come parla Lorenzo? Cosa le direbbe in questa situazione? O meglio, cosa vuole sentirsi dire una come Irene? Non ho tempo per rifletterci su, quindi improvviso: «Piacere Lorenzo, la sfida della voce è davvero una richiesta cattiva, ricordo di aver letto da qualche parte che il tono di voce influenza il nostro giudizio a volte ancora più dell'aspetto fisico... quindi, in pratica, se mi avessi chiesto una foto nudo sarebbe stato meno selettivo. Per questo ora mi vendico chiedendoti di mandarmi un tuo selfie... imbarazzante.» Invio l'audio, e aspetto che lei visualizzi e ascolti.

Respiro. Sta ascoltando.

"Eccoti qui un mio selfie appena fatto, potevi osare di più!"

Mi arriva una foto di lei riflessa nello specchio, indossa un pigiama con dei pinguini e si sta lavando i denti, la schiuma le copre le labbra, la sua pelle è chiara come la luna, i capelli rossi le risaltano gli occhi chiari. Io la trovo semplicemente bellissima. Ma non posso dirglielo, perché ho imparato che fare un complimento prima che ci sia una reale intimità, a volte può anche sembrare inopportuno, e non voglio sembrare un morto di figa.

"Un po' natalizio il pigiama, non trovi?" le scrivo, invece.

"Sì, ma tutti amano il Natale, no?"

Odio il Natale, odio dover riunire tutti i parenti attorno a un tavolo, perché nella maggior parte dei casi succede sempre un bordello, vedi l'ultima cena.

"Anch'io, è un bel momento per stare insieme e fumarsi una sigaretta per digerire."

"Io non fumo" mi risponde.

"Nemmeno io! Ma gli altri sì" le scrivo, e sto davvero sparando un mucchio di stronzate per piacerle. Ma cosa sto facendo? Però non ci penso e continuo.

"Vacanza preferita?" cambio argomento io.

"Questa non è una domanda difficile! E toccava a me, comunque: il mio sogno è di andare a Bali, ma costa troppo..."

Sto per scriverle che ci sono stato già due volte, una per un matrimonio di una lontana cugina, l'altra volta con G. ma poi mi fermo, perché sta ancora digitando.

"Ci vanno solo i ricchi viziati per i matrimoni, ma pensa te se ho i soldi per sposarmi... e per sposarmi a Bali!"

Just in time.

"Già..."

"Film preferito?" mi chiede lei.

Questa domanda non sembra tosta ma in realtà lo è molto, il film preferito o il libro preferito di una persona valgono più della carta di identità per quanto mi riguarda. Vado sul suo profilo, sbircio le foto rapidamente, nessun indizio. Scorro le storie in evidenza, ce n'è una a teatro, è con Marco a vedere un musical... okay, ci sono, proviamo con...

"*La La Land*, i veri uomini non hanno paura a dirlo, mi ha emozionato molto..."

"Serio? È uno dei miei film preferiti! Amo i musical, il migliore di sempre rimane *Grease*."

Io detesto i musical, e non ho mai visto *Grease*, per me sono solo un insieme di tizi vestiti male che strillano, millantando anni migliori che non torneranno più che belli i drive-in, le tipe, i pattini e bla bla bla, sono un tipo più pratico io.

Proviamo con l'argomento musica... "Gruppo preferito?"

Incrocio le dita, perché almeno qui *dobbiamo* essere d'accordo. Lei non esita nemmeno un istante, risponde immediatamente: "Nsync, sono molto anni Novanta, bei tempi".

E io lascio cadere il cellulare sul parquet.

Non c'è nessuna speranza.

«Secondo te è un maschio o una femmina?» Mia sorella apre la porta e si accarezza la pancia, pensierosa.

Io socchiudo gli occhi: «Spero solo non sia un fan degli Nsync.»

Lei mi guarda confusa.

22

Gabriele

Oggi devo incontrare la ragazza che mi vuole presentare mia madre. E nonostante lo abbia ripetuto per una decina di minuti buoni, mentre bevevo il caffè d'orzo, la frase continua ad avere un retrogusto di anni Venti. Sarà forse per questo che ho optato per un completo vintage, giacca inglese a quadri e pantaloni di feltro verdi; un regalo di G. per un mio compleanno, tra l'altro.

Non c'è bisogno che mi alzi a guardarmi allo specchio, lo so già, sembro un idiota.

E spero che la tizia che devo incontrare abbia la stessa impressione di me, così da poter chiudere la faccenda il prima possibile.

L'appuntamento è in cioccolateria.

Sì, avete letto bene, "cioccolateria" che razza di posto per un appuntamento, eh? Immagino già mia madre ordinare un tè nero e chiedere in aggiunta un po' di latte come fanno gli inglesi.

Io credo che il tè caldo e la cioccolata calda dovrebbero essere banditi nei mesi estivi, e avrei preferito di gran lunga uno spritz in questa stagione.

Ma d'altra parte, siamo negli anni Venti, l'epoca del proibizionismo, non c'è alcol.

Scendo in garage e prendo la mia auto, oggi preferisco guidare io, anche perché voglio potermi sentire libero di fuggire dall'appuntamento, senza dover aspettare qualcuno che mi venga a prendere.

Il mio autista di fiducia mi conosce da una vita. Lavora con noi da quando io facevo le medie, e mi è venuto a prendere a scuola anche durante tutti gli anni del liceo Cattolico che ho frequentato qui a Monza. Quest'uomo ha letteralmente incontrato tutti i giorni la mia faccia per anni, mi ha visto crescere, spuntare i primi peli della barba sotto al mento (che sono comunque rimasti molto radi), mi ha beccato entrare in auto con addosso completi eleganti di Armani Kids (comprati da mia madre), e poi cambiarmi frettolosamente sul sedile posteriore, indossare una tuta larga e scarpe da ginnastica consumate, che andavano di moda a quei tempi.

Tutto sommato sa più cose di me lui che un mio amico su Facebook. Anche se Giovanni, che è molto professionale, si definisce solo il mio autista.

In garage, appena accendo la macchina, mi rendo conto che mi sono completamente dimenticato di fare benzina, e sono in riserva sparata. Appoggio entrambe le mani sul volante gelido di umidità, e osservo il giardino davanti a me, mentre la primavera sboccia in tutta la sua allegria io mi sento un coglione. È possibile che ogni volta che provo a fare di testa mia, a emanciparmi un po', vada tutto storto?

Su una betulla, scorgo un nido di passerotti, esco dalla macchina e mi accendo una sigaretta, dirigendomi verso l'albero. Chiamo Giovanni: «Buongiorno Giovanni... sì ho cambiato idea... sì mi servirebbe un passaggio, grazie...».

Inspiro il fumo grigio a cui ormai sono assuefatto e alzo lo sguardo verso il nido, seminascosto nel ramo più alto. Quasi senza farlo apposta la madre sta insegnando a volare ai cuccioli, noto che stanno tutti "piangendo", ma lei li sprona a sbattere le piccole ali.

Mia madre con me non l'ha mai fatto. Mi ha sempre detto che non avevo "bisogno di sbattere le ali", perché ci sarebbe sempre stato qualcuno che avrebbe fatto il lavoro per me. Così ho preso la patente a venticinque anni invece che a diciotto, perché ho dovuto convincere mia madre che volevo lo stesso imparare a guidare la macchina, anche se c'era Giovanni a farlo per me; non ho idea di come funzionino le tasse, le detrazioni fiscali e tutte queste procedure burocratiche legate ai soldi, perché papà ha assoldato uno dei commercialisti migliori di Milano per gestire i miei conti, quindi non era importante capirci qualcosa (col senno di poi, si sbagliava).

Ancora oggi mi sento in imbarazzo quando Lorenzo e Aisha parlano di partita IVA, o fondi pensionistici, perché io non ne so assolutamente nulla. Potrei informarmi, ma non lo faccio, sono divento pigro e poco responsabile, ed è troppo tardi recuperare.

Ho scoperto come funziona il mondo dalle serie tv, dalle vite degli altri.

Giovanni mette in folle l'auto e scende ad aprirmi la portiera. Non fa alcun commento sul mio completo fuori moda e fuori tempo.

«Sono rimasto a piedi» mi giustifico, un po' in imbarazzo.

«Ci penso io» risponde, con tono calmo, senza giudizio. «Preferisci che vada a prenderti una tanica di benzina, o che ti dia direttamente un passaggio?»

Entro in auto. «Dammi un passaggio, già che sei venuto fin qui.»

Giovanni annuisce, senza scomporsi. Mi chiude la portiera facendo attenzione a fare la giusta pressione, poi si mette al volante. Gli do l'indirizzo.

«Va bene l'aria? Gradisci della musica?»

La macchina lascia il sentiero sterrato della villa per l'asfalto liscio della strada principale.

«L'aria abbassala un po' per favore, e niente musica grazie» mi schiarisco la voce,

Vedo che mi osserva per un attimo dallo specchietto retrovisore, fa per abbassare l'aria e urta la radio. Parte un pezzo pop anni Novanta, uno di quelli che farebbero impazzire Irene.

Mi viene in mente che lei adora quegli anni, mi ricordo di una pagina... CiakClub che condivide spesso citazioni di film e serie, e cerco qualcosa che possa impressionarla.

Ma poi, l'idea.

Friends, si va sul sicuro, una frase di Rachel *aka* Jennifer Aniston: "Il segreto di una persona è tutto nel primo bacio". Perfetta, dice tutto ma non dice niente, ottima per una conoscenza.

Qualche minuto dopo la visualizza e mi manda la reazione con l'emoji e gli occhi a cuore.

«Giovanni, posso chiederti una cosa?»

«Ma certo.»

«È possibile che ti piaccia una ragazza, anche se non avete nulla in comune?»

Giovanni mette la freccia e si ferma al semaforo, le

sopracciglia si inarcano prima in un'espressione stupita, poi seria. «Sì, immagino di sì.»

Annuisco, e allungo le gambe sotto al sedile davanti a me.

«È per l'appuntamento di oggi?» mi chiede, a fatica.

«No, no è per un'altra ragazza, una che ho conosciuto online, non ci siamo mai visti.»

«Ah» afferma, poi lo vedo sorridere. «Perdonami Gabriele, e allora come fai a sapere che non avete niente in comune?»

23

Gabriele

La cioccolateria è un locale nuovo, gestito da un'inglese che si è traferita a Milano e ha optato per una delle zone più in crescita della città, Isola.

Ci vengo abbastanza spesso da queste parti, ma non mi fa impazzire. Preferisco la vecchia Milano, con i locali storici di una volta. Prima di entrare mi fumo due sigarette una dopo l'altra. Una volta dentro mi ritrovo ad affrontare quell'attimo di smarrimento e imbarazzo che si vive quando si cerca qualcuno in un locale.

«Cerca qualcuno?» difatti la cameriera, probabilmente una giovane studentessa che deve pagarsi gli studi, accorre in mio aiuto.

«Sto cercando mia madre, e una sua amica, credo abbia prenotato a nome Borghetti... ma non le vedo...»

La cameriera fa spallucce e sul viso le si dipinge un

sorriso buffo. «Ma certo che non le trova, hanno prenotato la sala al piano di sopra, l'accompagno subito.»

Ma certo, mia madre non ha prenotato un tavolo, ma un'intera SALA.

Seguo la cameriera che mi mostra le scale a chiocciola, e mi arrampico fino al piano di sopra. Man mano che sorpasso un gradino dopo l'altro, sento farsi nitida la voce di mia madre: «Gabriele è molto bravo a tennis, ha un'attitudine naturale alla competizione, questo perché è un Borghetti, come suo padre».

A parte che non mi riconosco in nessuna di queste affermazioni, e non ci si riconoscerebbe nemmeno mio padre, siccome l'unico Borghetti con il sangue freddo è nonno Saverio, di certo non uno di noi. Sono tentato a fermarmi a esitare ancora un po' sul penultimo gradino, prima di fare il mio ingresso.

Ma una voce femminile interviene nella conversazione, e mi incuriosisce. «Gioco anch'io a tennis, ma non sono competitiva. Credo che la competizione rovini lo sport amatoriale, che dovrebbe essere solo un modo per distrarsi dai brutti pensieri, non farsene venire altri...»

Faccio un passo nella stanza. «Ma guarda chi è finalmente arrivato....» mia madre posa la tazza di tè fumante e spalanca le braccia, come se non mi vedesse da una vita. Attraverso la sala e mi avvicino per darle un bacio, con la coda dell'occhio sbircio la nostra ospite. Mi imbatto in due occhi grandi ed espressivi, una chioma fluente, un collo lungo e un accenno di seno che traspare sotto una maglietta leggera.

«Ciao mamma...»

Allungo la mano alla sconosciuta. «Piacere, Gabriele.»

«Elisabetta» risponde, porgendomi la mano decisa.

Mi siedo sul divanetto di fianco a mia madre, sprofondo tra i cuscini troppo morbidi, e le ginocchia mi arrivano quasi al mento.

«Ho sentito che parlavate di tennis, prima... sono d'accordo con quello che hai detto sulla competizione» dico, sfogliando il menù di infusi dai nomi femminili, cosa che, se fossi una donna, troverei offensivo.

«Sì, il tennis mi piace molto. Giocherei più spesso se non fumassi così tanto» ride, e si copre le labbra con la punta delle dita, un gesto che trovo sensuale e adorabile.

«Anch'io fumo molto, purtroppo.»

Mia madre rotea gli occhi al cielo. «Anche questa è un'altra caratteristica dei Borghetti, Saverio è arrivato a pagare una cifra a due zeri per un solo sigaro fatto a mano direttamente da Cuba, non che i soldi per noi siano un problema ma comunque...»

«Scusate, desiderate altro?» la cameriera simpatica si affaccia sulle scale.

Apro il menù, indeciso tra un Dafne e un Cecilia, ma mia madre mi precede.

«Mio figlio prende un Annalisa, ci porta delle altre sfogliate di pasta integrale? Grazie.»

Chiudo il menù, mi ha ordinato un tè all'arancia perché da piccolo amavo le arance, d'estate nel giardino di nonno Saverio ne divoravo una dopo l'altra. Il problema che sono passati anni, e io sono cambiato, e ho anche cambiato gusti.

Controllo al volo Instagram, Irene ha postato una storia, un post di CiakClub, con una frase di *How I Met Your Mother* che recita: "Non si può forzare il destino se deve succedere, succederà".

Palese frecciatina? Sta facendo il mio gioco. Mi emoziono come un bambino a sapere che quella storia potrebbe essere per me.

La voce di mia madre mi riporta alla realtà.

«Cos'altro ti piace, oltre al tennis, cara?» domanda mia madre, pulendo con un tovagliolo il bordo della tazza dal rossetto.

«Oh, be', sono una lettrice compulsiva e adoro il vintage!» conclude, dando un'occhiata ai miei abiti, ma non può fare sul serio.

«Anche a Gabriele piace leggere, siamo molto orgogliosi della libreria che ha allestito dentro casa... Per il vintage...» dà un occhio ai miei vestiti corrugando la fronte. «Fino a oggi non sapevo di questa "passione".»

«Sì, non sono un grande fan del vintage in effetti» affermo, grattandomi una spalla, perché il tessuto lanoso della giacca pizzica anche attraverso la camicia.

«Ma certo, anch'io stavo scherzando!» recupera lei, e io tiro un sospiro di sollievo, e un po' mi pento di essermi vestito di merda, perché Elisabetta è davvero carina.

«Bene, se voi due ragazzi volete andare avanti a chiacchierare vi lascio soli, ho anticipato la pedicure alle cinque. Gabriele, ti ha accompagnato Giovanni, vero?»

Annuisco a Elisabetta che non sembra stupita del fatto che io abbia una autista.

«Bene, allora mi faccio accompagnare tanto sarà in zona.»

Mamma si alza, recupera le borse piene di costosi cosmetici antiaging che deve essersi comprata strada facendo, e ci sorride socchiudendo gli occhi.

«Vedete di fare amicizia, voi due.»

Prima che possa aprire bocca il mio cellulare in bella vista sul tavolo vibra, leggo di sfuggita il messaggio di mia sorella, sullo schermo: "Ehi come va con l'amica palo in culo di mam...".

Afferro il cellulare e lo nascondo in fondo alla tasca della giacca.

«Vuoi andare a fumare una sigaretta?» le chiedo.

24

Irene

«In che senso forse "ti sei rotto una gamba"?» appoggio gli assorbenti sul nastro della cassa, e cerco di tenere in bilico il cellulare tra l'orecchio e la spalla. La voce di mio fratello arriva distante, come se parlasse dal fondo di una bottiglia.

«Non riesco più a muoverla e mi fa un male cane, vuoi altri dettagli?»

«Dove sei?» Mi cadono dal cestello i pomodori, rotolano sul pavimento come perline, sotto la cassa. Mi accuccio a raccoglierli.

«Dimmi dove ti trovi che passo subito a prenderti.»

«Sono al parco dove siamo andati a correre la volta scorsa, non prende molto bene qui, ma non posso spostarmi...»

Tiro fuori la tessera sconti e la porgo alla cassiera.

«Non preoccuparti, ti troverò...»

La donna mi mostra il conto sul display.

«Diciotto euro? Ma come è possibile? Ho comprato solo assorbenti, pomodori e una lametta per i peli!»

«Gli assorbenti sono tassati, e la lametta non è più in sconto» risponde, placida lei.

«Irene? Ma cosa stai dicendo?»

«Scusami, Marco, arrivo...» poi, rivolta alla commessa: «Levi i pomodori, per favore».

«Certo.»

Piazzo una banconota da venti euro sulla cassa, la donna mi restituisce il resto in monetine, me le metto in tasca.

«Cerca di fare veloce, Irene» si lagna mio fratello.

Il cliente dietro di me posa sul rullo due casse di birra.

«Certo, arrivo! Tu non ti muovere!»

«Ire, ma dove vado?»

Chiedo per un'amica

È assurdo come a volte le persone con cui crei dei ricordi, lentamente, diventino a loro volta i ricordi stessi. Ma lasciali vagare nella tua mente, non dargli importanza, presto svaniranno come nuvole.

25

Gabriele

Dopo l'appuntamento dell'altro giorno io ed Elisabetta abbiamo deciso di rimanere in contatto. È assurdo, ma quella ragazza ha davvero moltissimo in comune con me. Oltre alla passione per il tennis mi ha confessato che il suo film preferito è *Match Point*, che a mio avviso è il miglior film di Woody Allen; il gruppo che più ama del passato sono i Beatles, il suo cantante preferito di Sanremo è Aiello... ah, e il dolce che adora è il tiramisù! Insomma, per il momento abbiamo solo interessi in comune, il che è meraviglioso, eppure nella mia testa qualcosa mi dice che potrebbe non funzionare. Forse perché la mia voglia di rivedere Elisabetta non è superiore a quella di incontrare Irene, con la quale invece ho davvero poco in comune, eppure più penso a lei più mi piace. Se chiudo gli occhi riesco anche a immaginarla, siamo in un bar a bere un caffè, lei accenna un sorriso.

«Gabriele, ci sei?»

Simone apre la porta senza bussare, come suo solito.

«Dove altro dovrei essere?» domando, guardando fuori dalla finestra l'ennesima giornata di primavera che mi sto perdendo.

«C'è l'avvocato qui fuori... dice che ha un appuntamento con te.»

Allungo il collo per sbirciare oltre la porta. Scorgo un uomo dal completo cammello e gli occhiali da sole. «Che avvocato?»

Simone si stringe nelle spalle. «Credo per la querela che ci hanno mandato, no?» risponde, arricciando un poco le labbra.

«Aspetta un attimo...»

Prendo il cellulare e chiamo mio padre, mi risponde al secondo squillo.

«Pronto?»

«Hai mandato tu un avvocato nel mio ufficio?»

«Ho saputo della querela... Senti, è solo una formalità, vedrai che non andremo in tribunale, questa Irene Ginestri non credo se lo possa permettere...»

Smetto di ascoltare mio padre, mi rivolgo a Simone: «Gli hai detto tu della querela?» sibilo.

Lui alza le spalle. «Il capo qui dentro è lui, lo sai, e

mi tiene per le palle» mima il gesto. Distolgo lo sguardo, di mio padre e la sua bastardaggine in ufficio se ne ricordano tutti.

«Papà, senti ti richiamo.» Lo saluto e metto giù.

«Manda via l'avvocato, ci penso io.» Simone sospira. «Sai che non mi metterei mai dalla parte di tuo padre se non fosse strettamente necessario, ma questa volta forse ha ragione...»

«Irene la conosco, ci parlo io» sospiro, stropicciandomi gli occhi. Simone mi guarda incuriosito, non fa altre domande, poi accenna una mezza piroetta e chiude la porta.

Pensa, Gabriele, pensa... mi dico. Cosa sto facendo? In che situazione mi sono cacciato?

Questione numero uno: Marco è stato assunto, tu lo hai licenziato; stai messaggiando con sua sorella sui social, ma lei non sa chi sei veramente.

Questione numero due: Irene non avrebbe grandi possibilità nel mettersi contro un'azienda potente come la Borghetti, se non fosse che la Borghetti ora è in crisi marcia e in una posizione molto vulnerabile. Ma questo Irene non lo sa, e sono certo che lascerà perdere la causa, a meno che non venga a sapere che siamo messi male e può approfittarne. Devo convincerla a lasciar perdere. Ma come faccio?

Prendo il cellulare, e le scrivo: "Come stai?".

Forse dovrei dirle tutto, confessarle chi sono e provare a farla ragionare.

"Malissimo, mio fratello si è rotto una gamba e siamo in ospedale... ti scrivo dopo."

Cazzo.

"In che ospedale?"

"Nel tuo, il San Giovanni."

"Ho capito, aspetta... ti scrivo più tardi."

Non so perché lo faccio, ma mi alzo in piedi, esco dall'ufficio e dico a Simone che mi devo assentare per qualche ora. Potevo dire a Irene che non ero di turno in ospedale oggi, ma qualcosa dentro di me mi dice che ci devo andare, che devo vederla. Chiamo Giovanni, gli chiedo di venirmi a prendere.

Poco dopo sono seduto sul sedile posteriore della macchina, con una sigaretta spenta tra i denti.

«Giovanni, puoi accelerare un pochino per favore?»

«C'è un limite di velocità, mi spiace...»

Se fossimo ancora ricchi, gli avrei detto di fregarsene dei velox, che avremmo pagato la multa dopo, ma devo abituarmi all'idea che presto non lo saremo più.

Mi arriva un messaggio da Lorenzo: "Ti sto aspettando, ma in che senso ti devo prestare il mio camice? Non è nemmeno una cosa legale...".

"Ricordi tutte quelle volte che al liceo ti ho coperto

con tua madre? Mi hai sempre detto che mi avresti ricambiato il favore, ecco, il momento è arrivato."

Invio.

"Fai sul serio Gabriele?"

"Sì."

Giovanni prende una curva troppo stretta e io barcollo sul sedile.

«Mi scusi Gabriele, rallento?»

Mi tiro su, mi sistemo i capelli con la mano libera. «No!»

Nel parcheggio dell'ospedale noto subito Lorenzo, si guarda in giro con il naso all'insù, la fronte corrugata. Sotto al camice indossa dei jeans slavati, gli manca la bandana e sembrerebbe uscito da *Grace Anatomy*.

Scendo dall'auto ancora prima che Giovanni abbia spento il motore, alzo una mano per farmi notare.

«Ehi, sono qui!» sussurro, guardando a destra e a sinistra.

Lorenzo mi si avvicina confuso. «Mi vuoi spiegare come mai vuoi giocare al dottore...?»

«Non c'è tempo, dammi il tuo camice.»

Lorenzo mette le mani avanti, letteralmente. «Ehi, ehi, ehi, calma... prima mi spieghi, altrimenti io non faccio proprio niente.»

Okay, respiro, cerco di formulare una frase convincente. «Okay, allora, Irene è qui.» Lorenzo aggrotta la fronte. «Okay...» si guarda attorno.

«Non qui nel parcheggio, qui in ospedale...»

«Sta male?»

«No. Ascolta, durante la nostra ultima partita a tennis ti ho raccontato un po' di cose... che io e lei ci sentiamo su Instagram... che le ho detto di essere un altro per non farmi riconoscere...»

«Sì, questo me lo hai detto, ma cosa c'entra con...»

«Okay, quello che non sai...» faccio un respiro, «è che le ho detto di chiamarmi Lorenzo, e di fare il medico.»

Lorenzo sembra prima confuso, poi incazzato. «Ehi, frena, mi stai dicendo che le hai detto di essere me?»

Mi mordo il labbro e alzo le spalle. «Be', non proprio te... ho usato le mie foto...»

Lorenzo sbatte le mani contro i jeans «MA SEI DEFICIENTE?»

«Tutto bene Gabriele?» Giovanni abbassa il finestrino, e studia Lorenzo con sospetto.

Lorenzo si sporge verso la macchina. «Giovanni, tranquillo, mi conosci da una vita e sai che non farei mai a pezzi il mio migliore amico, anche se questa volta ci stiamo andando vicino...»

«Senti, non è così grave...» insisto.

«Gabriele, tu che vai in giro con il mio camice e ti fingi me, cazzo non mi piace.»

Gli metto una mano sulla spalla. «Okay, nemmeno a me. Non so perché ho fatto il tuo nome, la verità è che ti stimo molto, e probabilmente sei la prima persona intelligente che mi è venuta in mente da imitare. Ho sbagliato. Però, per favore Lorenzo, adesso aiutami.»

Lui sospira. «Per quale motivo Irene è qui?»

«Con il fratello che si è rotto una gamba, ma mi inventerò un modo per non intercettarlo.»

«Okay.»

«Okay cosa?»

«Okay, Lorenzo, per oggi puoi essere me, ma ti prego non fare diagnosi mediche, non parlare con nessun altro dottore… potrebbero radiarmi, sai?» Si sfila il camice e me lo allunga. «Tra venti minuti devo riprendere il turno.»

Me lo infilo in fretta e furia.

«Grazie, lo sapevo che eri matto abbastanza per fare una cosa del genere» gli dico, e sono quasi commosso.

Prima di entrare in scena mi scatto un selfie, potrebbe essermi utile più tardi.

26

Gabriele

Scrivo a Irene su Instagram, lei mi risponde che suo fratello è appena entrato a farsi visitare, e che il medico le ha detto che lo devono operare oggi stesso, frattura scomposta, un bel guaio. Non ne so assolutamente nulla di fratture scomposte, ma rispondo che sono molto dispiaciuto e che ho un buco di dieci minuti tra un turno e l'altro, se le fa piacere possiamo trovarci al bar dell'ospedale, giusto per fare due parole sulla condizione di suo fratello, per deformazione professionale sono in apprensione per lui.

Mi risponde che va bene, ha giusto dieci minuti anche lei.

Alzo lo sguardo alla ricerca dell'insegna che indichi il bar, quest'ala dell'ospedale non la conosco, io e Lorenzo di solito ci incontriamo sempre e solo in sala d'aspetto.

«Mi scusi, la sala parto...?» mi chiede un uomo in affanno, che probabilmente sta per diventare padre.

«Ehm, guardi... al momento non ricordo bene...» studio le insegne in alto strizzando gli occhi, per metterle più a fuoco, ma non serve. L'uomo mi lascia perdere, prende a correre nell'altra direzione, le scarpe da ginnastica stridono sul linoleum, mi ignora definitivamente.

Poco più in là, nel corridoio, scorgo finalmente l'insegna che mi indica il bar sulla sinistra, accelero tenendo lo sguardo basso, per evitare qualsiasi altro tipo di interazione e far fare a "Lorenzo" altre figure di merda.

«Lorenzo?»

Una voce femminile dolce, ma decisa, mi ferma ancor prima che io raggiunga la porta scorrevole del bar. Mi volto.

Che occhi assurdi ha?

È la prima cosa che mi viene in mente.

È davvero una meraviglia.

«Mi hai riconosciuto di spalle!» commento.

Irene inclina il collo e fa una smorfia deliziosa. «Memoria fotografica, ero una campionessa a Indovina chi. Te lo ricordi?»

«Ci giocavo con mia nonna» confesso, e lei sembra un po' offesa per la mia mancanza di entusiasmo. «Ma era divertente!» recupero subito dopo.

«Bugiardo» mi offre quello che immagino sia il più bel sorriso che abbia mai intercettato da che ne ho memoria.

«Ti offro un caffè? Intanto raccontami di...»

«Marco, si chiama Marco mio fratello.»

Marco, per poco mi dimenticavo di far finta di non conoscerlo, quanto è difficile non essere me.

Dentro al bar le sposto la sedia per farla accomodare, lei mi ringrazia stupita, lasciandomi capire che forse non è una gentilezza a cui è abituata. O forse sono io che sono antiquato, o l'educazione che ho ricevuto da mia madre troppo formale.

«Come è successo?» le chiedo, intanto che lei alza la mano per richiamare l'attenzione della cameriera, qualche tavolo più in là.

«Era fuori a correre al parco vicino al tribunale, è inciampato in una buca... quella strada è così rovinata, mi domando come mai non facciano qualcosa per metterla a posto...»

«Già, c'è da stare attenti.»

«Tu corri?» domanda, aprendo il menù.

«Sì, sul tapis roulant, preferisco.» Alludo al tapis roulant sulla terrazza vista montagne della casa a Cervinia, ma non lo specifico.

Annuisce pensierosa. «L'abbonamento in palestra costa troppo, quindi con la bella stagione evito di andarci... non sono mica di quelli che fanno il mutuo per andare in palestra.»

Meno male che sono stato zitto. Irene lancia un'occhiata curiosa al mio camice. Cerco di nascondere il cognome di Lorenzo, sistemandomi il colletto.

«Io prendo un caffè.... non so perché ho aperto il menù» dichiara, e mi sorride.

«Anche per me...» rispondo, e finalmente la cameriera passa a prendere le ordinazioni, tentando anche lei di sbirciare l'etichetta sul mio camice.

«Dicevamo?» Le chiedo, quando la cameriera è lontana.

«Che io non ho i soldi per la palestra, la vita è davvero sempre più cara...» scuote la testa pensierosa, «certo, tu sei un medico, e perdonami la sfacciataggine... ma credo tu guadagnerai abbastanza.»

«Sì, ma non ho studiato Medicina per fare i soldi» mi difendo.

Lei annuisce convinta. «Esatto, ma non sono tutti come te purtroppo.»

Annuisco, sentendo un formicolio partire dai piedi e arrampicarsi sopra alle caviglie, come un'improvvisa allergia. L'ho scampata per poco.

Irene appoggia i gomiti sul tavolo. «Il proprietario della casa di riposo dove lavoro, per esempio, è un vero stronzo. Fa un sacco di grano spillando i soldi ai vecchietti. Si è comprato la seconda casa in Liguria...»

«"Grano"?»

Lei mi sorride, poi nasconde il mento appoggiandolo su una mano. «Perdonami, ogni tanto uso parole un po' desuete, l'ho preso da mia madre... lei ogni tanto usava dei termini un po' buffi...»

«Lo trovo delizioso in realtà» le dico, e provo lo strano impulso di baciarla. Ma mi ricompongo subito. «Tuo fratello com'è messo?»

Lei sospira, alzando le folte sopracciglia. «Guarda, il medico dice che è una brutta frattura, il problema è che dovrà stare fermo tutta l'estate, e davvero non so come farà con il lavoro...» deglutisce, e gli occhi le si fanno di un verde ancora più chiaro,

«Già è depresso per essere stato licenziato, dove la trova la grinta per cercarsi un altro lavoro?» fa un sorriso tirato, poi mi sorprende: «Io comunque il suo ex capo lo sistemo».

«Cosa intendi per "sistemo"?» Aderisco la schiena alla sedia, e sento la pelle sudare contro al cotone della camicia.

Irene fa una smorfia soddisfatta. «Gli ho mandato una querela, gli ho chiesto di pagare i danni morali a Marco...»

Mi porto la mano alla bocca per coprire un colpo

di tosse secca. «Ti sarà costato molto l'avvocato...» sussurro.

Lei sorride maliziosa. «E no, l'avvocato è una mia cara amica, Daria, la mia coinquilina....»

«Cognome?» chiedo, fingendomi disinteressato.

Irene alza un sopracciglio. «Tacconi, perché?»

Io scrollo le spalle. «Ma niente, era per vedere se la conoscevo anch'io. Sai, da chirurgo mi è già capitato di ricevere denunce dai pazienti, purtroppo.»

Lei annuisce comprensiva.

Finalmente arrivano i nostri caffè, la cameriera ne approfitta per appoggiare il vassoio sul tavolo e tentare un leggero movimento del torace per sbirciare, ancora una volta, il nome sull'etichetta. Probabilmente conosce tutti i medici dell'ospedale, non si spiega come mai non mi abbia mai visto.

«Ti andrebbe di cenare con me?» mi domanda Irene, prendendomi alla sprovvista.

Prendo una bustina di zucchero e lo faccio scivolare nella tazzina. «Ma certo, sì.» Poi guardo l'orologio. «Tra poco però devo andare, ma mandami le lastre di tuo fratello su Instagram, chiedo a un collega specializzato un secondo parere.»

Irene annuisce, sorseggia il suo caffè lentamente. «Ti vedo un po' teso» mi dice.

27

Gabriele

«Ci hai provato con Irene in ospedale, mentre suo fratello fra poco entrerà in sala operatoria?» mi accusa Lorenzo, con tono stridulo.

«Si è rotto una gamba non l'osso del collo, se la caverà» ribatto io, pacato.

«Ah, adesso fai anche delle diagnosi tu, eh?»

Nel grigio parcheggio dell'ospedale, nascosto dietro la macchina di Giovanni, restituisco il camice a Lorenzo, e mi accendo subito una sigaretta.

«Guarda che è stata lai a invitarmi a cena, e comunque non mi sembri molto felice per me.»

Lorenzo si guarda le stringhe delle scarpe da tennis, pronto per andare a fare due tiri dopo il turno; peccato che il cielo sia un ammasso confuso di nuvole oggi, e il mio migliore amico abbia lo sguardo spento.

«Scusami, non è giornata, mi sa che non gioco oggi.»

«Va tutto bene?» domando, perché so che per Lorenzo il tennis è come una religione, gli è estremamente devoto.

«Sì...» sospira, ed è il "sì" più finto che io abbia mai sentito. E so che la ruga che gli si forma appena sopra la fronte, non è segno di una delusione passeggera, ma è l'indizio di qualcosa di ingombrante che soffoca il suo cuore.

«Aisha» dice poi, come se quel nome fosse solo un nome, non la donna della sua vita.

«Okay, cosa succede?»

Giovanni, in auto accanto a noi, tira su il finestrino per regalarci un po' di privacy.

«Non riusciamo ad avere un bambino, sono mesi che ci proviamo, ma niente.»

Mi appoggio alla macchina e spengo la sigaretta per terra, soffocandola con la punta della scarpa.

«Come mai non me ne hai mai parlato prima?»

Mi tornano in mente gli ultimi mesi: tutte le nostre partite a tennis; le birre che ci siamo scolati dopo al bar; il pomeriggio passato con Aisha al centro commerciale. Ci sono state diverse occasioni per confidarsi, ma nessuno dei due mi ha detto niente.

«Perché il problema sono io, Gabri.»

«Non lo possiamo sapere...»

«Sì, che lo so, ho fatto degli esami.»

E anche questo è un bello schiaffo in piena faccia, con il palmo della mano aperta e le dita tese.

Lorenzo, quello che ho emulato per tutti gli anni del liceo, quello che "oggi sono un attore ma domani faccio il medico", Lorenzo per cui la vita stessa è solo una questione di angolazioni, basta prenderla per il verso giusto.

Insomma, Lorenzo ha un problema che per una volta è più grande dei miei, e anche più grande di lui.

«E quindi non so che cosa fare.»

«Che vuol dire?»

Lui si schiarisce la voce, perché quelle parole gli sono rimaste incastrate in gola e deve raccogliere il fiato per buttarle fuori. «Quello che ti ho detto Gabri, questa volta davvero non so più che cosa fare. Aisha mi ha detto che ha parlato con un assistente sociale, vuole valutare l'adozione.»

«Ottimo!» Trillo, ma lo sguardo del mio migliore amico è pensieroso, ogni tanto mi dimentico che lui stesso è stato adottato.

«Devo riprendere il turno, ne parliamo in un altro momento.» Mi saluta con una pacca sulla spalla.

«Va bene, ma promettimi che ne parleremo» gli dico, lui fa un sorriso leggero e si allontana.

«Direzione casa?» domanda Giovanni, riabbassando il finestrino.

«Sì...» salgo in auto e richiudo la portiera, poi prendo il cellulare e scrivo un messaggio a mia zia Franci: "Ciao zia, nel tuo ex studio di avvocati cercate una persona nuova da inserire in organico? C'è una mia amica, Daria Tacconi, che cerca lavoro urgentemente... ma deve essere un'assunzione a tempo pieno che non le lasci il tempo di fare altro ;)" invio.

Ripenso a Irene, a come sto agendo alle sue spalle, eppure mi piace questo mondo tutto mio che sto creando, alla fine sto solo romanzando un po' la realtà, i sentimenti che provo sono veri...

Come posso fargliela capire? Ma certo, devo osare.

Storia nella sezione amici stretti per Irene: mi ero fatto un selfie a mezzo viso con il camice prima di raggiungerla al bar, sapevo che poteva tornarmi utile per la mia messa in scena.

La pubblico e scrivo: "Giornata piena, ma a volte bastano dieci minuti per tornare a sorridere e metto l'emoji del caffè".

La capirà per forza.

Sono felice, ma mi sento uno stronzo.

28

Irene

Accarezzo la fronte di Marco che è fresca, nonostante lui si senta la febbre. Il medico che lo ha seguito è stato chiaro: la frattura è brutta, ma nulla di grave. Il vero problema è che mio fratello dovrà tenere la gamba ingessata per tutta l'estate, e questo significa avere problemi negli spostamenti, di conseguenza siccome Camilla è una stacanovista nata, di Marco dovrà prendersene cura la sorella perditempo.

«Dovrai farmi da badante» sospira difatti Marco, bevendo un sorso denso e biancastro di una medicina.

«Già lo facevo prima» ribatto ironica, e penso a tutte le volte che mi sono presa cura di mio fratello, anche se sono io la sorella più piccola.

«Mi spiace Ire, sono un peso, lo so… un peso per tutti» si lagna lui, esageratamente drammatico come al solito. Sto per ribattere qualcosa, quando la porta della stanza si apre decisa, e sulla soglia insieme a una ventata di profumo compare Camilla.

«Marco! Ho staccato dal lavoro appena ho potuto... oddio come sei ridotto...» Il "suo lavoro", che è anche la *sua vita* e *l'unica cosa* che le interessa veramente (a parte la finale di *Temptation Island*).

«Tranquilla, c'era Irene...» la rassicura mio fratello e lei, solo allora, mi mette a fuoco.

«Oh, Irene! Mi dispiace, sai il mio lavoro... la moda, le interviste...» calca il tono sulla parola "lavoro", come se io non avessi mai lavorato un giorno in vita mia e dovesse spiegarmi di che cosa parla. Tronco subito qui la conversazione.

«Non preoccuparti Camilla, io oggi *lavoro* dalle diciotto in poi, sono in largo anticipo per arrivare in tempo alla Casa di riposo Fiordaliso» le sorrido a denti stretti.

Lei annuisce energica, e tutte le sue collane e i suoi orecchini tintinnano angelici. «Lavori ancora alla casa di riposo...» lo dice con un bel sorriso, ma il tono della sua voce è ruvido.

«Insegno arte.»

«Insegni... arte... sì lo so, Marco me ne parla spesso» vorrei chiederle spesso quanto, siccome non si vedono mai.

Camilla si posa due dita sulle tempie come se si fosse

improvvisamente ricordata qualcosa. «Senti Irene, già che ci sono, volevo dirti che sto pensando di prendermi una segretaria, e prima di chiederlo a qualcun altro volevo sincerarmi che tu fossi libera...» mi fa pure l'occhiolino. Questa è cretina.

«Ma io ce l'ho già un lavoro scusa, è Marco quello dei due a essere disoccupato...» la informo io.

Lei sbatte le ciglia e si avvicina al lettino, accarezzando la fronte di mio fratello. «Be', ma Marco ambisce a ben altro» dice, poi ritira la mano di colpo. «Mio Dio, scotti...» sussurra, anche se sa benissimo che mio fratello è ipocondriaco, e adesso non ci lascerà tregua.

«Riguardo al lavoro, comunque, io mi trovo bene dove sono, se non altro ho del tempo libero...» Cosa che tu non hai mai, vorrei aggiungere, ma per rispetto di Marco non lo faccio. Anche perché mio fratello si sta già agitando perché crede ancora di avere la febbre.

«Vi lascio soli...» concludo a questo punto, dando un leggero pugno sull'avambraccio di mio fratello, un gesto di saluto che condividiamo da quando siamo bambini. Camilla, allora, mi saluta con un cenno della testa, e non aggiunge altro.

Mi chiudo la porta alle spalle.

Ma fuori dalla stanza, oltre il corridoio, mi viene voglia di mettermi a urlare. Odio questa situazione, come

Camilla tratti Marco e come mio fratello non tiri mai fuori le palle. Ma non posso farci niente, le persone non si possono salvare, la verità è che si devono salvare da sole.

Lungo il corridoio dell'ospedale lancio sguardi curiosi ai medici in camice bianco, così eleganti e premurosi. Spero di incontrare di nuovo Lorenzo, il suo fare agitato e gentile, quel suo bizzarro modo di parlare sottovoce quando si avvicinava la cameriera, la sua camicia perfettamente stirata nonostante le ore e ore di turno in corsia.

Sembra sempre cogliere le piccole cose, come un caffè, uno sguardo, un imbarazzo e quei piccoli segnali nelle storie di Instagram, mi fanno sentire speciale.

C'è qualcosa di meraviglioso e misterioso in questo esemplare di essere umano che ho appena conosciuto, e anche se dal profilo Instagram forse me lo aspettavo un po' diverso (credevo fosse più sicuro di sé, e più alto) ammetto che mi piace ancora di più così.

Per questo non posso fare a meno di scrivergli: "Per la cena, che ne dici di cucina indiana?".

Per testare se, tra tutte le cose che fino a ora abbiamo in comune, ce ne sia un'ennesima, e per dimenticarmi del sorriso strafottente di Camilla.

Chiedo per un'amica

Il nostro modo di pensare influisce sulle nostre azioni, e sono i momenti più difficili che ci fanno prendere le decisioni più determinanti.

Pssss, ehi, avvicinati che ti svelo un segreto: nessuno è mai morto per amore! Dagli QUELLA possibilità.

29

Gabriele

Due giorni dopo la chiacchierata con Irene in ospedale non le ho ancora risposto al suo ultimo messaggio. Seriamente, il ristorante indiano? Detesto il cibo speziato, e poi questa situazione sta iniziando a diventare sempre più complicata. Zia Franci mi ha risposto che avrebbe fatto qualche telefonata per far assumere questa Daria nel suo vecchio studio legale, anche perché la ragazza le ha fatto un'ottima impressione. Ho provato a chiedere a mia zia, già che c'ero, se avevano bisogno anche di un HR, ma mi ha detto che purtroppo sono già a posto. Comunque, tornando a noi, la faccenda della querela dovrebbe essere sistemata, adesso che Daria lavora a tempo pieno non potrà più aiutare Irene, e io potrei anche lasciarmi alle spalle questa storia e scrivere un messaggio a Elisabetta, invitarla al cinema. Sono sicuro che abbiamo gli stessi gusti cinematografici.

«Mi passi la crema solare?»

Io e Lucrezia ci siamo messi a bordo piscina a prendere un po' di sole e a scambiare due chiacchiere sul da farsi. Non c'è nulla di più importante del consiglio di qualcuno che ci è vicino quando abbiamo la mente annebbiata e confusa. Sono seduto sul bordo, muovo le mie gambe pallide in acqua, le osservo galleggiare con i muscoli rilassati.

Lucrezia è nei casini perché dopo aver confessato di essere incinta mamma ha iniziato a starle addosso, vuole sapere qualsiasi cosa sul ragazzo di mia sorella (per esempio il suo nome), ma ancora lei non le ha detto che è indiano. Inoltre, siccome l'azienda sta per fallire, mia sorella non può più nemmeno prendersi i soldi che le spettano e volare via a Londra con il suo amore.

«Credo dovresti dirle la verità, che il ristorante indiano non ti piace tanto e che preferiresti un'opzione italiana. Non vedo dove sia il problema.»

Lucrezia è stesa sul bordo vasca, indossa un costume intero che le copre interamente la pancia leggermente a punta; il corpo unto di crema solare per mantenere la pelle morbida e un paio di occhiali da sole vintage.

«Oppure, tu che sei fidanzata con un ragazzo indiano, potresti guidarmi e suggerirmi cosa ordinare che non sia troppo speziato...»

Lucrezia si sfila gli occhiali. «Andiamo Gabri, qual

è il tuo problema? Se per una volta sei sincero con questa ragazza di certo non crollerà il mondo.»

Sospiro. «Ho paura che non si tratti solo del ristorante» rispondo.

«Che vuoi dire?» sbadiglia lei, coprendosi la bocca con il braccio sinistro, quello sul quale ha tatuato un cuore anatomico, simbolo che all'inizio doveva farsi anche il suo ex per celebrare il loro amore su pelle. Tatuaggio che lui poi non si è mai fatto.

«Non voglio essere quel tipo di uomo che non sa adattarsi, e che ha paura di mangiare speziato…»

Lucrezia spezza lo sbadiglio e scoppia a ridere. «Ma ti senti quando parli? Comunque, puoi sempre dirle della tua impresa di "cessi chimici" per i concerti indie, se proprio ci tieni a sembrare più hippie…»

«Lucrezia, io faccio il medico in ospedale e mi chiamo Lorenzo, ricordi?»

«Ah, già… che casino.»

Mi accendo una sigaretta. L'ennesima della giornata. Butto fuori il fumo come se cercassi di allontanare anche i miei pensieri.

«Senti, se vuoi vivere questa menzogna fino in fondo vai. Però, per cortesia, smettila di punire te stesso con una sigaretta dietro l'altra.»

«Se non te ne fossi accorta punisco me stesso da oltre quindici anni, Lucrezia.»

Lei raccoglie il pacchetto di sigarette, lo studia.

«Non gettarlo in acqua, per favore.»

Lucrezia lo riappoggia scuotendo la testa. «Queste immagini che ci mettono fanno proprio schifo. Non so come tu faccia a continuare.»

Alzo le spalle. «Non penso alle conseguenze, tutto qui.»

Lei si siede abbracciandosi le ginocchia, mi guarda. «Cosa ti piace di questa Irene?»

«Molte cose... ma nessuna di queste può essere spiegata.»

«Provaci» mi sprona, legandosi i capelli bagnati con un elastico.

Ci penso su. «Vediamo... mi piace che sia spontanea, che faccia di testa sua. Poi mi piace il modo in cui difende il fratello, è tosta. Mi piace che abbia una passione, che creda in un sogno... mi piace che sorrida spesso, lo ha fatto diverse volte quando ci siamo visti... mi piace che prenda l'iniziativa... mi piace...»

«Okay, okay... ti piace» mi interrompe mia sorella, che si immerge nella vasca, lasciando fuori solo la testa.

«Però non abbiamo nessun interesse in comune, e lei si è fatta un'idea di me dal mio profilo Instagram che non corrisponde alla realtà.»

Lucrezia dà qualche bracciata al largo, poi riemerge

con la testa. «Quindi tu hai paura che se lei scoprisse chi sei, non ti cercherebbe più...»

«Ne sono sicuro, lei odia l'ex capo di suo fratello.»

Lucrezia si tiene a galla muovendo le gambe a rana. «Prima o poi però dovrai dirglielo...»

Faccio un lungo sospiro, poi spengo la sigaretta ed entro in vasca anch'io. «Sì, glielo dirò, mi serve solo un po' di tempo...»

30

Gabriele

Mi faccio trovare già davanti al ristorante, un locale appena fuori Monza, che raggiungo da solo in auto, ma mi guardo bene dal parcheggiare la vettura in bella vista. La mia Mercedes gialla non si sposa per niente con il tono del locale, modesto e casalingo.

Irene mi raggiunge poco dopo, indossa dei jeans strappati, scarpe con il tacco, una camicia colorata e una giacca di finta pelle. Non posso fare a meno di pensare che sia davvero bellissima sempre, anche se adesso con i tacchi è più alta di me.

«Sono in ritardo? Lo sono sempre…» si giustifica, tirando fuori il cellulare dalla borsa piena di cianfrusaglie: biglietti della metro accartocciati, trucchi sparsi, volantini e una borraccia.

«Sono io a essere sempre in anticipo, non preoccuparti» e questo è vero, tra l'altro odio chi mi fa aspettare troppo, la trovo la peggior forma di maleducazione.

Lei mi sorride, poi apre la porta del ristorante e mi fa segno di entrare, un po' come se fosse di casa. Non sono abituato alla cortesia al contrario, mi sento un po' in imbarazzo. Infilo le mani in tasca e mi guardo attorno, il locale è arredato in pieno stile indiano, molto colorato e sgargiante, e il profumo di aromi nell'aria è davvero gradevole. Il cameriere, vestito con abiti tradizionali, ci fa strada tra i tavoli, Irene ne ha prenotato uno al centro del locale in bella vista su un piano rialzato. Salgo e mi sembra di essere un po' troppo al centro dell'attenzione quassù.

«Oh, ma come siamo in alto» commento.

Lei si toglie la giacca, e noto che la sua camicia ha le maniche corte. Credevo le comprassero solo i preti americani.

«Il tavolo in alto lo danno solo a chi festeggia il compleanno, così gli ho detto che compivi trent'anni stasera, quindi a fine serata porteranno la torta.» Mi strizza l'occhio.

«Fantastico... mi hai ringiovanito.»

Lei sembra entusiasta della sua trovata. «Non ci sei mai stato qui, vero?»

Faccio segno di no con la testa, rendendola ancora più orgogliosa perché in fondo è "la mia prima volta".

«Smezziamo qualcosa? Io faccio sempre così, per assaggiare più cose...» mi spiega.

Se c'è una cosa che non sopporto è chi ti chiede di dividere le pietanze. Accidenti, se io voglio mangiare del pollo magari non ho voglia della pasta alle vongole... allora perché dovrei darti parte del mio pollo per un piatto che non mi interessa e che non ho ordinato?

«Va bene, scegli tu per entrambi, mi fido» mi ritrovo a dirle, invece.

Lei mi guarda divertita. «Dài, non vale... scegli tu piuttosto! Sei tu l'ospite.»

Mi tiro su le maniche della camicia, ho caldo.

«No, davvero!»

Lei apre il tovagliolo, se lo appoggia sulle gambe, poi si illumina. «Lanciamo una moneta» propone, entusiasta della sua stessa idea. Mi guarda, attende.

«Okay.» Mi metto una mano nella tasca dei pantaloni e tiro fuori il portafoglio. Di solito le monete non le tengo qui, avevo un portamonete ma era sempre vuoto per via delle mance, quindi poi non l'ho più usato. Svuoto il portafoglio, anche il taschino interno, ci trovo un fazzoletto con ricamate su le lettere BS, un biglietto da visita di una gioielleria e una vecchia carta di credito di un conto ormai chiuso.

«Non dirmi che sei uno da fazzoletto di tessuto...»

Sto per giustificarmi quando lei si intromette. «È davvero una scelta ecologica, complimenti!»

Si sporge per guardarlo meglio. «Cosa sono quelle iniziali? B.... S...»

Cazzo, avvampo. Ho rovinato tutto per un fazzoletto. «Non sono iniziali, sono... è...»

La fronte di Irene si contrae un poco. Io osservo le iniziali del mio cognome in cerca di un disperato indizio.

«È una farfalla stilizzata! Vedi?» esclamo, cercando di convincere sia lei che me. «Queste sono le ali... non è una "B", questo è il corpo... a "S"» il battito del mio cuore decelera un poco.

«Come mai una farfalla?» mi chiede, appoggiando una guancia sul palmo della mano, incuriosita, guardandomi come un bimba che scopre qualcosa di nuovo

«Be', vedi... è una lunga storia, la farfalla è un po' il mio simbolo.» Certo Gabriele, come no.

«Mmh, in che senso?» mi domanda, intanto che cerca una moneta dentro al suo portafoglio.

«Hai presente la leggenda del battito d'ali della farfalla in Brasile che scatena un tornado dall'altra parte del mondo? Ogni azione... è collegata... io credo che tutto quello che facciamo ha sempre delle ripercussioni.»

«Credi nel destino?» domanda, mostrandomi una moneta da cinquanta centesimi.

«Sì.» In realtà non lo so, non me lo sono mai chiesto.

«Magari il tuo scrivermi su Instagram è stato il nostro "battito d'ali", senza il quale non ci saremmo mai conosciuti» sorride, accarezzando la tovaglia con la punta delle dita, e le sue guance arrossiscono un poco. Devo aver fatto centro. «Di che segno sei?» prosegue.

«Pesci.»

Lei mi scruta con estrema concentrazione, mentre io spero che aver detto la verità sia stata una buona mossa.

«È un bel segno, molto dolce e sensibile... ma anche piuttosto ansioso, vero?»

Assolutamente sì, sono io in tre aggettivi.

«Tu, invece? Non ne so molto di segni zodiacali...»

Lei appoggia entrambi i gomiti sul tavolo, fiera. «Capricorno, una bella testa dura.»

Il cameriere ci raggiunge e stappa davanti a noi una bottiglia di prosecco per darci il benvenuto, le bollicine dorate riempiono il bicchiere.

Irene solleva il suo calice. «Brindiamo al destino?»

Alzo anche il mio di calice. La verità è che non è stato un caso se l'ho aggiunta su Instagram, è stata un'azione volontaria, studiata e pensata. Ma non mi sembra il caso di fare obiezioni ora.

«Al destino.»

I bicchieri tintinnano l'uno contro l'altro. Irene beve un sorso dal suo calice, poi lo riappoggia sul tavolo. Prende la moneta da cinquanta cent che aveva tirato fuori prima dal portafoglio. «Testa o croce?»

«Croce.»

Lei la lancia, la moneta rotea nell'aria, poi atterra sul suo palmo. Irene la copre con la mano per un istante, poi sbircia il risultato.

«Testa» afferma raggiante.

Prendo il menù con nonchalance e do un'occhiata di sfuggita ai piatti. Okay, mi basta scegliere due antipasti a caso, due primi a caso e un secondo "da dividere", come dice lei. Studio il menù, interpreto gli ingredienti e gli abbinamenti, ne immagino la sensazione sul palato. Mi torna in mente zia Franci, il suo racconto dell'India e delle pietanze che ha assaggiato; mia sorella Lucrezia e la lezione che mi ha impartito sui cibi indiani dopo la nostra ultima nuotata in piscina. A proposito, nelle note del cellulare avevo preso qualche appunto. Tiro fuori il mio iPhone frettolosamente, fingendo di controllare un messaggio. Leggo di sfuggita e riconosco qualche piatto che Lucrezia mi aveva consigliato, okay ci sono.

Chiamo il cameriere, mi si avvicina sorridente con un blocchetto in mano.

«Okay, allora prendiamo due di questi... due di questi... e uno da condividere...»

Non pronuncio i nomi, ovviamente, troppo complicato.

«Gradite anche del *naan*?»

Su questo sono preparato: il *naan*, è il pane indiano.

«Ma certo» rispondo, mostrandomi convinto.

«Cosa hai ordinato?» domanda poi Irene, lasciandosi una ciocca rossa di capelli dietro all'orecchio.

«Sorpresa...» rispondo io, facendo il misterioso, perché in realtà è un mistero anche per me.

Lei sembra felice della risposta, a tutti piacciono le sorprese.

«Sei un ragazzo strano, mi piaci.»

«Anche tu mi piaci... sei determinata.»

Lei si stringe nelle spalle. «Io sono solo una pittrice incasinata e persa, con tante ambizioni e pochi risultati. Mica come te, tu hai studiato per realizzare il tuo obbiettivo... ed eccoti qui! Un medico che salva vite umane.» Fa un sorriso così luminoso che vorrei alzarmi e raccontarle tutta la verità.

«Ma dài, di medici ce ne sono tanti... il tuo mestiere è più originale, tu hai un dono» cerco il suo sguardo.

«Be', insomma, non lo so se ho davvero un dono o sono solo una dilettante.»

«E perché non ti metti in gioco?»

Lei mi guarda con tenerezza. «Il settore è complicato, ci vogliono raccomandazioni, bisogna farsi notare... io non ne sono capace.»

«Ma certo... immagino sia complicato» le rispondo, anche se in verità non so di preciso cosa intenda. Da ragazzo, se chiedevo un biglietto per un concerto a mio padre, lui me ne comprava due, con tanto di posto nella sezione VIP. Se chiedevo a mia madre di invitare un amico a casa, lei chiamava un animatore privato, e raccomandava alla domestica di ordinare torte e pasticcini. Potevo avere tutto ciò che volevo, tanto che a un certo punto non sapevo nemmeno più cosa desiderare, perché le cose che mi interessavano *veramente* non le potevo avere: giocare a calcio come tutti, invece che a tennis; tornare a casa in bicicletta insieme agli amici, invece che con l'autista; prendere decisioni da solo, senza dover prima consultare mia madre.

«Ma se qualcuno potesse aiutarti, tu esattamente, cosa vorresti fare nella vita?»

Lei non ci pensa su nemmeno su un secondo. «Oh, un sacco di cose! Ci fantastico su continuamente, vorrei conoscere un critico d'arte, magari De Benedetti, il famoso esperto di Picasso... mi piacerebbe affittare una mansarda dove andare a dipingere in pace... viaggiare, visitare musei...»

Mentre osservo Irene parlare dei suoi sogni, noto un bagliore che riconosco. L'ho già visto negli occhi di Lorenzo, quando aveva passato il test di Medicina; in Aisha quando lui le aveva proposto di andare a convivere. Un po' gliela invidio questa luce, ma d'altra parte è come se la sua energia, la sua linfa, contagiasse anche me. E così il mio stesso sogno, in questo momento, diventa aiutarla a realizzare il suo.

«Ho capito» le dico, bevendo un altro sorso di prosecco, «dovresti avere fiducia, sai, niente è impossibile.»

Lei scoppia a ridere. «Certo, certo… fiducia ne ho da vendere» mi dice, come se avessi fatto una battuta molto divertente.

Non sa che in realtà io faccio sul serio.

31

Gabriele

Quando racconto ad Aisha, il giorno dopo, che ho ordinato cinque pietanze al pollo, di cui una con salsa rossa talmente piccante da farmi piangere, ma comunque molto buona, scoppia a ridere.

«Ma come hai apprezzato?! Manco ti piace l'indiano a te... sei sempre stato un palato molto difficile» mi dice, accavallando le lunghe gambe sul divano.

«A quanto pare, ho un palato che va molto d'accordo con le spezie» le rispondo, e non le racconto però, che nonostante abbia apprezzato gli antipasti, non sono riuscito a finire il dolce: una torta di compleanno appena uscita dal freezer, talmente ghiacciata da mettere a dura prova il mio molare sinistro, e farmi rischiare un dente scheggiato a trent'anni compiuti.

«E poi vi siete più sentiti dopo?»

Prendo il cellulare dal tavolo di vetro, noto che il

gatto ha lasciato qualche impronta. Vado su Instagram, e le mostro una storia di Irene. È un boomerang di un cucchiaino che mescola il caffèlatte, ma cosa più importante di tutte, ha inserito l'emoji di una farfalla nell'angolo in alto a destra dello schermo.

«La farfalla è un messaggio in codice per me, ha a che fare con una storia che le ho raccontato a cena...» specifico.

«Okay...» dice, poco convinta, intanto il gatto fa capolino da dietro al divano. È un micio rosso dagli occhi verdi, e sarebbe di proprietà della madre di Aisha, ma lei lo prende spesso in prestito, se lo porta a casa quando ha un giorno libero dal lavoro e Lorenzo è di turno tutto il giorno.

«Non ti vedo convinta, vero?» le chiedo, e sono un po' dispiaciuto. Lei si accorge di avermi tirato giù il morale e recupera: «No, no, è solo che... è tutto virtuale, sai».

«Il mondo ormai *è* virtuale, Aisha» specifico, e guardando in giro per il salone noto un televisore di ultima generazione, un iPad appoggiato su una mensola, e il cercapersone di Aisha adagiato sulla poltrona accanto a noi.

«Sì, sì, lo so... sarà che io e Lorenzo ci siamo conosciuti a lezione in università, dal vivo, ma hai ragione, ormai va così.» Stringe il gatto tra le mani e lo solleva per un istante, a mo' di *Re leone*.

«E tu come stai?» le chiedo, perché lei non sa che Lorenzo mi ha raccontato tutto del loro tentativo fallito di avere un figlio.

«Al solito» risponde, e mi si stringe un po' il cuore. Mi dispiace che Aisha non si fidi abbastanza di me per raccontarmi a sua volta la storia. Ormai la considero la mia migliore amica, ci conosciamo da una vita.

«Tu invece, Irene a parte? Mi ha detto Lorenzo che tua madre ti ha presentato un'altra ragazza, e che tuo padre ha sperperato il patrimonio di famiglia... hai sempre una bella vita movimentata tu, eh?»

Quasi sputo il tè freddo nella tazza. Il mio migliore amico non sa tenere la bocca chiusa.

«Avrei preferito raccontartelo io, ma vedo che Lorenzo è arrivato prima di me...»

Aisha sorride, le sue labbra carnose si inarcano con furbizia. Conosce i suoi polli. «Gli ho estrapolato l'informazione qualche sera fa, in cambio di una cenetta a base di cuscus, si è venduto per poco.»

Stringo i braccioli del divano. «È un chiacchierone, non ci possiamo fare niente. Ma, ehi, Aisha, lo sai, vero, che io ti avrei raccontato tutto comunque?»

Lei annuisce piano.

«Per qualsiasi cosa io ci sono, ricordatelo.» E più esplicito di così non posso essere, le ho praticamente detto di confessarmi tutto immediatamente, lei però cambia argomento: «L'altra ragazza, quella che ti ha presentato tua madre, com'è?»

«È imprevedibilmente bella e simpatica, conoscendo mia madre mi aspettavo un'aspirante principessa, e invece sembra normale...»

«Ma...?»

Quanto mi conosce bene, ha un'intelligenza più sottile della mia.

«Boh, a me sembra troppo perfetta. C'è qualcosa che non quadra.»

Annuisce finendo il suo tè, pensierosa. Il gatto, intanto, ha preso a giocare con un pezzo di carta sul pavimento.

«Magari cerca solo di essere piacevole con te.»

Mi stringo nelle spalle. «Non lo so, Aisha. Invece per i soldi è un casino che aveva fatto mio padre, e che pagheremo tutti noi. Ma al momento non ci sto pensando...»

«A cosa stai pensando?»

Il gatto con uno scatto le salta in braccio, facendo le fusa, rumoroso.

«A Irene, vorrei farle una sorpresa... mi aiuti?»

Aisha giocherella con il filo della bustina del tè. «Gabri... quanto è grande questa sorpresa?»

Mi gratto la schiena. «Be'... in effetti... ci serve anche l'aiuto di Saverio...»

Aisha alza lo sguardo. «Allora, è roba grossa.»

32

Gabriele

«Per quale razza di ragione vuoi affittare il Cenacolo, figliolo?» La domanda di nonno Saverio è più che legittima. Per fortuna che Aisha, al mio fianco, sa come difendermi.

«Vede, Saverio, Gabriele vuole fare una sorpresa a una persona a cui tiene molto, una follia d'amore… chi non ne ha fatte.»

«È così?» mi chiede lui, scrutandomi con i suoi piccoli occhi azzurri.

«Sì, è così. Vorrei fare una sorpresa a una ragazza che ho conosciuto da poco, ma che mi sta insegnando molto, vorrei poter ricambiare.»

Nonno Saverio mi ascolta attentamente, senza interrompermi.

«Da quando fare di tutto per conquistare una ragazza è una sorpresa? È il gesto più antico del mondo» dichiara, espirando un soffio dolciastro di sigaro.

Io e Aisha ci guardiamo negli occhi, bloccati.

«Aisha, cosa ha fatto il tuo compagno Lorenzo per conquistarti, anni fa?» le chiede, allungando la mano verso il posacenere. Un pesante oggetto in ottone, dalle decorazioni in oro.

«Mi ha offerto un aperitivo, poi abbiamo fatto una passeggiata al parco... non ricordo...»

Nonno Saverio mi guarda severo. «Vedi? Un gesto semplice.»

Appoggio i gomiti sulle ginocchia, abbattuto. Forse nonno Saverio ha ragione, sto esagerando. Potrei anche mettere Irene in imbarazzo, non ci avevo pensato.

«Quando ho conosciuto tua nonna, pace all'anima sua, avevo pochi soldi, vivevo ancora con i miei genitori e lavoravo tutto il giorno. Non avevo certo il tempo per organizzare "grandi sorprese".»

Aisha annuisce dolcemente, come al solito la storia di nonno Saverio ha riscosso un discreto successo.

«Ho capito...» ribatto, con un sospiro.

«Ma Gabriele, se tu senti di voler fare qualcosa di grande per questa ragazza, segui l'istinto. Solo ricordati che non è necessario.»

Mi alzo in piedi per l'entusiasmo. «Quindi contatterai il critico De Benedetti? E mi aiuterai ad affittare l'intera stanza per una serata?»

Aisha mi fa segno di tornare a sedermi, e io mi riadagio sulla poltrona, attendo una risposta da Saverio, fasciato nel suo completo impeccabile, con la sua postura eretta, un uomo che ha sempre affrontato la vita di petto.

«Lo farò, ma tieni conto dei soldi, Gabriele. Il pasticcio che ha fatto tuo padre è grande. È l'ultima follia d'amore che ti potrai permettere, per un po' di tempo almeno.»

Mi rialzo in piedi, per ringraziarlo, ma lui mi fa segno di fermarmi.

«In cambio però, dovete aiutarmi a fare una cosa... tutti e due.»

Mi irrigidisco, perché considerate le faide famigliari ho paura di cosa nonno Saverio possa chiedermi.

«La domestica oggi non è venuta, perché ha la figlia a casa malata, e a me serve aiuto per trovare la gatta...»

«La gatta?» Aisha, come al solito, quando si parla di gatti impazzisce.

«Sì, la mia gatta nera, è incinta. Deve aver fatto i cuccioli da qualche parte, qui nella villa. Dovete aiutarmi a trovarli.»

La gatta ha fatto cinque cucciolini: tre neri come lei, due grigi probabilmente come il papà. L'abbiamo cercata per ore, poi io, esasperato dalla ricerca a vuoto, ho iniziato a pensare come un gatto: cosa farei se avessi dei piccoli da proteggere? In che stanza mi nasconderei? Mi sono detto che il luogo in questione avrebbe dovuto essere caldo e silenzioso, facilmente raggiungibile dato il pancione. Ho pensato che la soffitta era troppo ostica da raggiungere, ma che la stanza della lavanderia poteva essere un buon posto. Ho cercato la gatta nel luogo più riparato che ci fosse: l'asciugatrice. E in effetti aveva predisposto la sua tana lì dentro, al caldo, protetta dallo sportello di plastica. Per ricompensa, mi sono preso da lei un morso e tre graffi quando ho cercato di accarezzarla. Sono tornato in salotto con la bella notizia, e io e Aisha, in accordo con nonno Saverio, abbiamo deciso che la cosa migliore fosse portarle del cibo, e lasciarla in pace per qualche giorno. Poi ci sarebbe stato il problema di trovare una casa ai gattini, successivamente.

Usciamo da casa di nonno Saverio e attendiamo l'auto sul ciglio della strada, l'aria della sera è fresca e dispettosa. Aisha mi dice che sono davvero fortunato ad avere un nonno così. Io la ringrazio e le ricordo, però, che ho un padre assente e irresponsabile e una madre ansiosa e bigotta, quindi, insomma, nella vita compenso. Lei si mette a ridere, e mi fa notare che è proprio strano che mio nonno abbia cresciuto una persona così diversa da me come lo è mio padre. I figli cercando sempre di emanciparsi dai genitori, di prendere strade diverse, è vero. Ma qui stiamo parlando di universi differenti.

Nel viaggio di ritorno a casa Aisha, di fianco a me, chiacchiera con Giovanni fino a che arriviamo a destinazione.

«Fammi sapere gli sviluppi della sorpresa, mi raccomando.» Mi schiocca un bacio sulla guancia.

Giovanni fa marcia indietro sul vialetto, e prosegue verso casa mia.

«Ti vedo pensieroso, Gabriele» mi dice, quando ormai siamo a pochi metri dalla villa. In effetti lo sono, anche perché ho molto da organizzare nelle prossime settimane, Aisha deve aiutarmi a pensare al catering, dobbiamo capire come introdurre il critico d'arte, che genere di serata voglio organizzare.

«Sono un po' pensieroso, ma è per una bella cosa.» Scendo dall'auto e saluto Giovanni, che mi restituisce un'occhiata indecifrabile.

«Spero di conoscerla presto, questa ragazza» conclude ammiccando un sorriso.

«Quale ragazza?»

«Quella a cui pensi sempre.»

Mannaggia, non sfugge proprio niente agli autisti.

Apro il cancello e attraverso il giardino. Supero la piscina, l'acqua immobile, il profumo del cloro che è anche quello dell'estate alle porte mi invade.

Nel mentre posto su IG, una foto, nella sezione amici stretti, del giardino, solo un pezzetto ovviamente (non l'intero parco), aggiungo emoji della farfalla e una canzone, scrivo "COME IN UN DIPINTO", e vorrei aggiungere: "dove manchi solo tu", ma mi sembra davvero *too much*. Clic, postata.

Man mano che mi avvicino alla casa, noto che nel salone la luce è ancora accesa. Strano, perché dopo le nove di sera mamma si ritira in mansarda per la sua lezione di "yoga della buonanotte", papà si rinchiude nel suo studio a fare chissà cosa (i conti presumo), e Lucrezia, be', di solito è fuori con qualche amica, cerca di stare alla larga da mamma e papà il più a lungo possibile.

Apro la porta sospettoso, e sento la risata di mia madre lontana, ma abbastanza forte e chiara da farmi intuire che non sia sola, ci dev'essere qualche ospite da intrattenere. Ma chi viene a casa nostra giovedì sera dopo le nove?

«C'è nessuno?» domando all'ingresso vuoto, e non ottengo risposta. Mi dirigo nel lungo corridoio che porta al salone principale.

«Eccolo qui» la voce tesa di mia sorella, è un invito a scappare.

Chi diavolo...?

Accelero il passo, più agitato che curioso, e mi ritrovo davanti l'ingresso ampio del salone. Sulla poltrona in velluto blu, che mamma ha fatto arrivare dalla Germania, (perché è una copia sputata di quella presente nel castello di Neuschwanstein) c'è Elisabetta, avvolta in un cardigan grigio di cashmere, e una gonna di seta leggera, dello stesso colore delicato; indossa dei tacchi alti che sa portare con eleganza (con le gambe fresche di ceretta accavallate).

«Ciao, scusami, sono capitata da queste parti e pensavo di passare a salutarti.»

Mia sorella abbassa lo sguardo, mia madre fa un sorriso esagerato, mettendo a dura prova il lifting che ha fatto recentemente. Mio padre, assente, legge il giornale. C'è una candela profumata accesa, posata sul pianoforte, che tremula e rispecchia molto il mio spirito.

«Hai fatto bene, è un piacere.»

Noto solo ora una torta al cioccolato e pere, la mia preferita, adagiata sul tavolino sotto la televisione, accanto ci sono dei piatti sporchi e delle posate, segno che è stata mangiata da poco.

«Sei passata dalla pasticceria?» chiedo a mia madre, andando a servirmi.

Elisabetta si schiarisce la voce. «Veramente l'ho fatta io, pere e cioccolato è il gusto che preferisco, spero non ti dispiaccia.»

Prendo un piatto e sollevo lo sguardo «Scherzi? È la mia preferita...»

Mia madre si alza in piedi, dà un piccolo colpetto sulla spalla di mia sorella, e si rivolge a mio padre. «Bene, noi dobbiamo andare, ora, vi lasciamo chiacchierare un po' da soli...»

Mio padre, come se si svegliasse da un lungo sonno, si accorge di mia madre.

Inizio a pensare che l'incontro con Elisabetta non sia casuale, che mia madre abbia organizzato tutto di sua spontanea volontà per l'ennesima volta, ma non voglio fare il guastafeste della situazione, prendo il piatto contenente la mia abbondante fetta di torta e mi siedo sul divano accanto a Elisabetta, mentre gli altri lasciano la stanza.

«Allora, mia madre ti ha raccontato la storia della mia vita nel frattempo?»

Lei brandisce la borsa di pelle ed estrae un romanzo. «Mi ha solo prestato questo, in realtà.»

Open, la biografia di Agassi, un famoso tennista che io stimo tantissimo, e questo è niente di meno che il mio libro preferito.

«È molto bello, spero ti piaccia. Come mai te lo ha prestato?»

«Gliel'ho chiesto io, ti dispiace?» mi appoggia una mano sul ginocchio.

«No, ma no... ma figurati, anzi» farfuglio.

«Sono sicura che mi piacerà, abbiamo così tanto in comune.»

Deglutisco, raccolgo i pensieri, aggrovigliati come un gomitolo.

«E non ti sembra strano?»

«No, io lo trovo solo bello.»

Non rispondo perché non saprei nemmeno da dove iniziare, se dirle che sono già emotivamente preso da un'altra persona, se chiederle di confessarmi se mia madre c'entra qualcosa con questa faccenda.

Ovviamente, non faccio nessuna di queste cose. Aggredisco la torta con la forchetta, e la pasta friabile si fa a pezzi.

Nel frattempo spero che Irene abbia visto la mia storia.

«Tra l'altro, ti ho appena aggiunto su Instagram» conclude.

Chiedo per un'amica

Ogni cosa ha delle conseguenze, e quando stai per fare una cazzata te lo senti. Le scelte che hai preso nella vita ti hanno portata qui, oggi. Giuste o sbagliate che siano, impara a farne tesoro. Le tue decisioni sono piccole lezioni di vita, a volte ti sfiorano come carezze a volte invece fanno male. Tu prendile, vivile e impara. Sei coraggiosa, devi solo rendertene conto.

33

Irene

"Quindi, tornando a noi, quali sono le tue più grandi paure?" mi scrive lui. I messaggi con Lorenzo si fanno sempre più intimi, e la cosa non mi dispiace. È strano, perché in fondo non lo conosco, ma mi sembra di essere più in sintonia con lui che con tante altre persone che conosco da tempo. È una cosa rara che mi è capitata poche volte nella vita, e da cui sono nate grandi amicizie e una volta (molto tempo fa) anche un grande amore.

Se si è davvero legati a una persona lo si capisce quando ci viene voglia di confidarci con lei non appena ci accade qualcosa, perché sentiamo di poterci fidare veramente senza riserve.

Io ora, anche se vi sembrerà assurdo, direi a Lorenzo tutto. Di quella volta che in classe, al liceo, mi sono alzata dalla sedia e i miei compagni hanno iniziato a ridere forte, sempre più forte perché avevo i jeans macchiati di ciclo. O della prima volta che ho preso in mano un pennello, che risale a un tempo lontanissimo, e che mia mamma sosteneva che non potessi ricordarmelo. Ma io l'ho in mente come se fosse successo una settimana fa: lei che dipinge al parco, io che sono seduta sul passeggino e le tiro la gonna, lei che mi sorride e mi mostra il pennello, io che lo afferro, mi alzo, e anche se sono bassa e arrivo solo fino al bordo della tela inizio a sfiorarla con le setole intinte di giallo, dipingo un sole.

È uno dei ricordi più belli che ho della mia infanzia, e di mia mamma.

"La mia più grande paura è quella di dover abbandonare la pittura e fare un lavoro che non mi piace." Scrivo, e poi invio.

Lorenzo legge, poi inizia subita a digitare. "Hai le idee chiare! Io ho solo paura di ferire le altre persone. So che detta così sembra una cazzata, ma è vero. Soffro di un profondo senso di colpa perenne, che non mi fa dormire la notte..."

Rileggendo il messaggio ripenso al mio ex, affetto da "bugiardite cronica", incapace di curarsi dei sentimenti altrui, e con un tasso di menefreghismo da qui alle stelle. Non posso fare a meno di rimanere incantata dalla paura di Lorenzo, che sicuramente, da medico premuroso, non è uno che mente, finge o si prende gioco degli altri.

"Che ne pensi?" mi scrive subito dopo, perché ancora non gli ho risposto.

"Penso che sia meraviglioso, e che sia un dono."

"Io però lo vivo malissimo!"

Mi piacerebbe rivederlo, ma vorrei che me lo chiedesse lui questa volta, non tanto perché abbia paura di espormi, più che altro perché temo non ne abbia voglia. Poso il cellulare sulla pancia e guardo il muro della mia stanza. Ci sono appesi diversi quadri che ho dipinto, i miei preferiti, sono tutti ritratti: mio fratello Marco, le mie due coinquiline (Daria con lo sguardo deciso ed Elena che strizza l'occhio), e poi c'è lei, mia mamma, ed è il ritratto più bello che ho fatto fino a ora.

"Senti Irene, volevo proporti una cosa." Il messaggio si illumina sul display del mio cellulare, e io penso che mamma da lassù abbia ascoltato i miei pensieri.

"Dimmi tutto" digito veloce.

Lorenzo mi risponde così: "Avevo in mente di andare a visitare il Cenacolo la prossima settimana, che dici?".

È una bella idea. "Il weekend sono libera, il pomeriggio lavoro!"

"Io intendevo la sera..."

La sera? "In realtà, è chiuso" rispondo, sorpresa dalla sua proposta.

"Sì, di solito sì, ma sarà una serata speciale..."

"Ah, fico!"

"Volevo aspettare a dirtelo, forse doveva essere una sorpresa... ma non ho resistito."

Metto subito le cose in chiaro, giusto per sicurezza: "Io le detesto le sorprese, mi mettono in imbarazzo, sono più da cosa semplici che da grandi gesti..."

"Okay... ricevuto" mi scrive lui, e mi sembra un po' secca come risposta.

"Tutto bene? Ti ho offeso?" è così difficile capirsi per messaggio, vorrei guardarlo negli occhi quando parla.

"No, no! Tranquilla" risponde, con tanto di smile, eppure a me sembra di aver fatto un danno, ma non ci voglio pensare su troppo. "Va bene, allora per quando mi tengo libera?" le scrivo.

"Ti confermo a breve, scusami ma adesso devo andare. Ciao."

"Okay, buona serata!" gli scrivo, pensierosa. Perché ha troncato così la conversazione? Forse sono stata troppo cafona a mettere le cose in chiaro? Le sorprese piacciono a molte persone, magari l'ho ferito.

Mi sto facendo troppe paranoie.

Butto il cellulare sul letto ed esco dalla stanza, in salone intercetto Daria sul divano.

«Secondo te, sono una scassapalle?» domando a bruciapelo.

Lei alza gli occhi dal cellulare, non ci pensa nemmeno su: «Ogni tanto...».

Mi copro il volto con le mani. «Vado a dormire, che è meglio...»

Lei accenna un saluto con la testa, da quando ha ottenuto questo nuovo lavoro non ha più tempo da dedicarmi.

«Io aspetto che torni Elena dal corso di burlesque, intanto lavoro ancora un po'» mi informa, distratta.

34

Gabriele

Ecco una sua story, la apro subito, è un selfie scattato con un filtro particolare, a tema farfalle. Difatti Irene ha una piccola farfalla che le svolazza sulla guancia, insieme a una spruzzata di lentiggini.

«Via il cellulare, prendi la racchetta!» Lorenzo me la lancia al volo, e quasi mi colpisce un ginocchio. Non avete idea di che male.

«Piano, costa!» Mi lamento, agguantandola per un soffio. Lui si abbassa a fare un po' di stretching ai polpacci, si afferra la punta della scarpa. «Quanto sei preso male da quando stai diventando povero, oh!» mi sfotte.

«Andiamo in campo, poche chiacchiere su» ribatto, facendo due palleggi di riscaldamento.

La luce del tardo pomeriggio risplende rosata dietro al campo da tennis, riflette la terra rossiccia e dura che calpesto con le mie scarpe da ginnastica bianche. Mi sistemo la fascia per tenere fermi indietro i capelli biondi, faccio anch'io qualche allungamento, e bevo un sorso di Gatorade, che male non fa (il mio preferito è quello blu, gli altri gusti confesso di non averli mai provati).

«Ti voglio concentrato, eh!» mi minaccia Lorenzo.

Io mi accuccio un poco, mi preparo a ricevere le palla, inspiro ed espiro lentamente per svuotare la mente. Ho voglia di vincere questa partita.

E che il gioco abbia inizio.

Lorenzo tira, la palla da tennis sfiora la rete e arriva come un fulmine a fondo campo, la prendo per un pelo con il bordo della racchetta, ma non controllo bene il tiro e la mando fuori rotta, dentro alla siepe di cipressi che ci circonda.

Lorenzo fa una smorfia, io non mi perdo d'animo.

Secondo tiro.

Questa volta non vedo nemmeno la palla arrivare, mi giro attorno come uno scemo per cercarla con lo sguardo rivolo verso al cielo.

Lorenzo lascia cadere la racchetta sul terriccio, che rimbalza un poco, si strofina la fronte con un braccio. È arrabbiato.

«Dimmi, dove sei?»

Avanzo verso la rete per scusarmi, ma Lorenzo raccoglie una delle palline da terra e me la tira addosso, provocandomi una fitta di dolore. «Allontanati, giochiamo.»

«Ma se ti dico che non me la sento, oggi sono distratto.»

«Parliamone, mentre giochiamo.» Va a fondo campo e fa rimbalzare la palla tra la terra e la sua mano. Tre volte.

«Irene, giusto? Qual è il problema con questa ragazza che ti sta rovinando la vita?»

«Non mi sta rovinando la vit…» schivo una palla che Lorenzo mi tira con la mano.

«Okay, le ho organizzato una sorpresa bella grossa, ma ho scoperto che non le piacciono le sorprese…» continuo.

Lorenzo scuote la testa, poi raccoglie da terra un'altra pallina. «Quante cose in comune, eh?»

Stronzo.

Lorenzo batte la palla, questa volta la prendo, la mando oltre la rete, ma non è abbastanza perché lui si difende con un rovescio e mi trova impreparato.

«Potresti trasformare la grande sorpresa in un evento casuale…» mi suggerisce, raccogliendo un'altra pallina.

«Cioè?»

Tira. La palla sfiora la rete, questa volta mi difendo io con un rovescio e faccio punto.

«Parlami della sorpresa...» mi dice lui, finalmente soddisfatto della mia prestazione.

«Ho affittato il Cenacolo e ho invitato un critico d'arte, solo per lei.»

Lorenzo scoppia a ridere, raccolgo una palla e tiro, faccio un altro punto.

Lui torna serio.

«Forse potresti invitare altra gente, così che sembri... casuale» butta lì, e io mi illumino: non più una festa a sorpresa, ma una festa organizzata!

Sto per dire a Lorenzo che è un genio come al solito, ma lui, a tradimento, schiaccia, e io mi tuffo per salvare la pallina.

35

Gabriele

“Casuale” è stata la parola d’ordine della serata.

Doveva sembrare, reale, normale. Ma la casualità ha un costo, direi piuttosto alto. Ovvero, una sessantina di “attori” reclutati in una di quelle piccole agenzie di Milano (dai nomi che suonano più o meno come: Actor Star oppure Model Wannabe) le quali reclutano volti dalla strada: ragazzine con il viso dolce, donne adulte ex modelle, uomini in crisi di mezza età che vogliono una seconda occasione… insomma, un po’ di tutto.

Ho “affittato” una cinquantina di persone al costo di un centinaio di euro, per quelli meno in auge, e a trecento euro, quelli più richiesti. Insomma, alla fine ho speso quasi diecimila euro per il pubblico (così che non sembri una festa a sorpresa).

E questo solo per le comparse.

Successivamente c'è stato l'affitto del Cenacolo, la cui cifra non vi confesserò neanche sotto tortura.

Poi le spese del catering.

E infine la presenza del famoso critico d'arte che, per una cena spesata, una comparsata di qualche ora, e due chiacchiere su Picasso, mi ha fatto un preventivo di sedicimila euro, con tanto di rimborso taxi a parte.

Vi dico la verità, se fossi ancora ricco questi problemi non me li farei proprio, ora però la questione economica inizia a pesare come una spada di Damocle sulla mia testa.

Ma io non voglio rinunciare alla felicità di Irene per colpa di un investimento sbagliato, che ha fatto mio padre.

Perché okay, la mia vita è stata un lusso, non lo nascondo, ma è stata anche una prigione, una continua dimostrazione di essere all'altezza della mia famiglia.

Sono stato il migliore della classe, e non ho mai avuto un'intelligenza superiore alla media, ma mi sono ammazzato di studio, eliminando le interazioni sociali.

Non ho mai potuto fidanzarmi con una ragazza che non piacesse a mia madre, lei le voleva conoscere tutte, e se le salutava con un "piacere" e non con un "piacere, spero di rivederti presto" sapevo che la relazione non sarebbe potuta durare a lungo, perché mia madre mi avrebbe fatto terra bruciata per farmele mollare.

Non ho mai avuto una compagnia di amici, quando gli altri si trovavano al cinema o in sala giochi io avevo, rispettivamente: lezione di tennis, lezione di pianoforte, lezione di dizione, lezione di francese, inglese e cinese. Ringrazio il cielo che Lorenzo abbia deciso di diventare mio amico, in prima elementare, quando all'intervallo io avevo portato come merendina il mango biologico e lui un pacchetto di patatine al formaggio, e me ne ha offerto metà.

Capite, la mia vita è stata vissuta con il pilota automatico, e io francamente mi sono rotto il cazzo.

Apro Instagram, sfondo nero, frase: "Chi sa aspettare, prima o poi vince tutto". La posto nella sezione amici stretti, così la vedrà solo lei.

Sarà la libertà nel sapere che presto non saremo più così ricchi, e io potrò considerarmi normale. Sarà questo strano incontro con Irene, l'unica ragazza che non ho presentato a mia madre.

Sarà che ho superato i trent'anni.

Ma sono stufo di farmi dire cosa devo fare.

36

Gabriele

La sera della festa vado a prendere in macchina Irene, e siccome lei ha ribadito più volte quanto le facciano schifo i ricchi-figli-di-papà-viziati (come darle torto) ho aggiunto sul conto spese della serata l'affitto di una panda modello base, senza navigatore, a metano. Giusto per non farmi mancare nulla e arrivare a prenderla sotto casa con un'automobile come si deve.

Irene esce sul pianerottolo tredici minuti in ritardo, che è più che legittimo. Secondo la mia personale classifica, sopra i venticinque minuti la suddetta ragazza sta un po' facendo la stronza, entro i quindici è un po' in ritardo, sotto i dieci è la donna ideale.

Tredici è comunque un ritardo onesto.

Irene sale in auto.

Inutile dirvi che sia splendida, lo è e basta ormai ve l'ho già detto mille volte.

Con le sue scarpe con il tacco basso (che in genere odio perché mi ricordano mia nonna, di cui ho molta stima ma non in quel senso); l'abito di tulle azzurro lungo fin sopra le ginocchia, elegante ma nemmeno pomposo che sta bene solo a lei; e una collana di conchiglie, che probabilmente è il souvenir di qualche viaggio spensierato.

Mi piace.

Guido lentamente, perché ho il terrore che qualcosa vada storto: ho paura di arrivare e scoprire che la festa è un disastro.

Ma inevitabilmente le distanze si accorciano, e io trovo parcheggio in corso Magenta, una fortuna perché di solito non c'è mai posto.

Facciamo la strada a piedi, non è troppo distante, parliamo del "tempo troppo freddo per essere primavera", del suo lavoro alla casa di riposo, dell'ultimo paziente che ho visitato prima di staccare dal reparto (bugie, bugie e bugie) mi chiede delle mie storie Instagram con un accenno di sorriso furbo, e infine delle aspettative della serata.

«Per me sono molto alte, non hai idea di quanto De Benedetti sia stato importante per me, per il mio percorso artistico... non ci posso credere che ci sarà anche lui a questo evento!»

Quando le ho detto che alla cena di stasera, in onore

dell'arte, c'era anche De Benedetti, lei è letteralmente impazzita e io mi sono sentito in paradiso.

«Eh, lo immagino, so che non è facile incontrarlo… ho letto che presenzia di rado alle serate mondane…»

Lurido avvoltoio, lui e suoi sedicimila euro che mi ha spillato.

«È un uomo d'altri tempi… non apprezza stare in mezzo alla massa» sussurra lei, sognante.

A meno che "la massa" non lo paghi per bene, vorrei dirle.

Entriamo.

Ah, forse non vi ho detto che la cena di stasera è ovviamente in tema "ultima cena", e anche se non siamo in tredici, ma in cinquanta, mangeremo tutti allo stesso tavolo, stile apostoli.

«Biglietti prego.» La finta guardia-attrice, vestita come la domestica della regina Elisabetta ci porge la mano guantata.

I biglietti me li ha disegnati Aisha con Canva, almeno su questi ho risparmiato. Porgo alla tizia i nostri tickets, e lei me li strappa con estrema precisione. Un po' mi dispiace che siano strappati, Aisha si è impegnata molto a farli.

La bodyguard ci ferma appena prima dell'ingresso. «Non avete liquidi o cibo? Devo controllarvi le borse.»

Non ricordavo di aver messo questa parte nel copione. Irene gli porge la borsa, perplessa. Lui ci fruga dentro, estrae quello che sembra un…

«È il mio massaggiatore per la faccia, vede… si insapona, e qui con le spatole morbide ci si pulisce il viso…»

Irene aziona il macchinario che inizia a tremare, e io ci avrei scommesso la villa con piscina che fosse un vibratore.

La bodyguard rimette l'aggeggio nella borsa di Irene. «Sì, ce l'ha anche mia figlia, lo sponsorizzano le influencer» ci dice, poi passa alla perquisizione.

Merda, anche questo non c'era nel copione.

Dopo aver palpeggiato la mia ospite passa a sezionare me, e mi fa pure l'occhiolino, evidentemente ha riconosciuto la mia foto profilo della mail con le istruzioni per la serata. Ma allora perché sta facendo di testa sua?

Dopo avermi strofinato le mani sotto le ascelle mi lascia libero.

«Ma che roba assurda…» commenta Irene, e nemmeno io so cosa dire. La tizia si sarà presa una licenza artistica. Fortunatamente dentro la sala è così meravigliosamente arredata che Irene si dimentica della scenetta all'ingresso.

Devo dire che quelli del catering hanno fatto un ottimo lavoro. La stanza è colma di mughetti bianchi, i fiori tipici dei matrimoni, uniti a tulipani arancioni per sdrammatizzare. Le candele profumate sono state ordinate sul tavolo per grandezza. Le sedie sono avvolte da fili di raso bianco.

Come direbbe mia madre, è tutto *adeguato*.

«Non ho mai visto nulla di così spettacolare... ma davvero l'ingresso con la cena costava solo dieci euro?»

È quello che le ho detto, perché altrimenti si sarebbe "sentita in colpa" nel farselo offrire.

«Sì, esatto, è tutto economico, i soldi andranno anche in beneficenza...» Questa l'ho inventata sul momento.

Irene gira su se stessa, il vestito le disegna attorno una ruota, non si accorge che gli ospiti le lanciano occhiate furtive, mormorando tra di loro, perché sanno che io e lei siamo gli unici non-attori.

Anzi, forse è lei l'unica a non recitare, io sto fingendo alla grande.

«Lorenzo! Che gioia...»

Lorenzo e Aisha ci si avvicinano, ovviamente non potevo non invitarli, e mi fa davvero strano che lui si rivolga a me con il suo nome.

«Guglielmo e Celestina!» I miei amici si sono dati due nomi abbastanza strambi per la serata. «Anche voi qui?» domando, sorpreso.

Irene gli si avvicina curiosa. «Piacere, Irene!»

Aisha le stringe la mano, il suo sorriso promette bene.

«Scusate, dobbiamo cercare i nostri posti a sedere» mi congedo io, prima che uno dei due faccia qualche danno. Irene li saluta cordiale, poi inizia a sbirciare i nominativi sui tavoli.

Trova il nostro proprio vicino al centro del tavolo.

«Chi è seduto al posto di Gesù?» domanda poi, curiosa, siccome io gli sono seduto di fianco e lei difronte.

Indovinate cosa ho fatto io, il genio delle feste?

«Non ci posso credere!» trilla Irene.

Ebbene sì.

«De Benedetti!»

Sorpresa!

Sul suo volto lo stupore lascia spazio a una risata spontanea. Che succede? «Tu sei Giuda» dice poi, indicandomi.

Cazzo, ha scoperto che le ho mentito?

Non sono particolarmente intuitivo, quindi ci metto un po' a capire che Giuda è il posto che mi è stato assegnato a tavola, vicino a Gesù.

Lo giuro, non ci avevo pensato.

Chiedo per un'amica

Più cerchi di ottenere qualcosa, più ciò che cerchi fugge. Ma ti sei fermata un attimo a pensare se lui sia o meno la persona giusta? Non è che stai montando una sceneggiatura *ad hoc* per renderlo il ragazzo perfetto? Ricordati che non hai bisogno di nessuno che ti rovini la vita, tu stai bene dove stai.

37

Gabriele

De Benedetti non è solo un critico d'arte di fame nazionale, è anche un grandissimo stronzo. Il classico milanese vestito di nero Armani, ma con le scarpe da ginnastica bianche. Ha superato i cinquanta, ma è ancora un uomo sorprendentemente affascinante, anzi ci scommetto che è uno di quelli che da giovane era pure cesso, ed è andato migliorando con l'età. Un po' come il vino.

Comunque, non solo sta sviolinando perle di saggezza a Irene da più di mezz'ora, ma non mi ha nemmeno ancora lasciato intervenire una volta nella discussione.

«Credo che Banksy sia a dir poco superato» lo sento affermare dopo una lunghissima parentesi sul postmodernismo.

Ora, io non sono un critico d'arte, ma mi risulta che Banksy sia uno nomi più famosi al mondo, legati alla street art, così, tanto per dire.

De Benedetti beve una sorsata di prosecco. Noto che i suoi capelli brizzolati brillano un poco sotto la luce tremolante della candela.

«Dici, superato? Non saprei...» gli risponde più che giustamente Irene.

«Anch'io sono d'acc...» cerco di intromettermi.

«Dolcezza, ho assistito ad aste per migliaia di dollari, e fidati, Banksy ha le ore contate. Da qualche parte, in qualche palazzo popolare, si nasconde proprio ora un ragazzo talentuoso, e presto io lo scoprirò.»

Beve un'altra sorsata di prosecco e io ne approfitto per dire la mia.

«Ma perché in un palazzo popolare? Non potrebbe abitare in una villa?» tiro a indovinare.

Lui aggrotta la fronte, tra l'infastidito e l'annoiato. «I ricchi sono persone noiose, per avere talento artistico bisogna avere anche una storia da raccontare...»

«Magari anche lui ce l'ha una storia da raccontare...»

De Benedetti cerca il contatto visivo con Irene. «Oh, certo, la storia del suo autista che arriva a prenderlo al tennis club cinque minuti in ritardo e lui si sente ferito dalla vita...»

Scoppia a ridere.

E io mi incazzo.

Cerco in fondo al tavolo lo sguardo di Lorenzo e Aisha, faccio loro un leggero cenno del capo, per far intendere che devo fumare almeno cinque sigarette.

«Scusate, torno subito» dico.

Fuori dall'ingresso mi ferma una ragazzina di sedici anni, dai capelli raccolti in una crocchia bionda e il sorriso di un'esaltata. «Ma tu sei quello che ci paga!»

«Vi pago per non dirlo.» La liquido io, e lei si spegne come un cellulare scarico.

«Gabri...»

Aisha e Lorenzo sono da me.

Accendo la sigaretta e ispiro tutto il fumo che i miei polmoni possano contenere.

«Sta andando una merda» confesso, rigido di rabbia.

«Dài, ma che dici! Lei mi sembra che si stia divertendo...» si intromette Aisha.

«Appunto, lei, non io.»

«Ma scusa, non è questo l'importante?» continua Aisha, mentre Lorenzo fa un'espressione di quelle: "Ascolta la mia donna, lei ha sempre ragione".

«Continua» le dico, buttando il fumo contro al cielo.

«Che cazzo te ne frega se lei parla con quel palo in culo di critico, finita la serata sei *tu* quello che la riaccompagnerà a casa, *tu* quello con cui lei starà in macchina a fare due chiacchiere... e alla fine sai cosa?

Andrà a dormire con il ricordo di te e *anche* con quello di aver passato una bella serata.»

«*Touché*» fa eco Lorenzo.

Ci penso un po' su, nel frattempo mi accendo un'altra sigaretta.

«Forse hai ragione...»

Aisha annuisce dolcemente.

«Devo portarla via di qui» concludo.

E prima che Aisha mi spieghi che non è quello che aveva intenzione di dirmi, io sono pronto a riprendermi Irene e la mia scena.

Attraverso la sala a passo spedito, i camerieri si coordinano avanti e indietro precisi come formiche operaie. Gli ospiti attori mangiano fingendo di conoscersi tra loro a gruppetti.

Raggiungo il mio posto a tavolo, dove Irene sta ancora ascoltando uno sproloquio di De Benedetti, che non solo si è preso i miei soldi ma anche la mia pazienza.

«Irene...» li interrompo. «Io non sarò un critico d'arte, né un grande esperto in materia, ma fuori prima, mi è venuta in mente una cosa...» faccio una pausa teatrale. «Ma con tutto questo parlare di arte... ci siamo dimenticati del capolavoro che c'è dietro di noi...» faccio un gesto verso *L'ultima cena*. «Leonardo da Vinci è stato per me il più grande genio di tutti i tempi. Noi siamo qui a sproloquiare su cosa sia o non sia arte...» guardo De Benedetti, sì, di proposito. «Ma l'arte non è fatta per essere detta, ma per essere *guardata*.»

Taccio.

E mi prendo la mia donna.

38

Gabriele

«Oh, mio Dio, la sua faccia!» Irene, sul sedile di fianco a me, si sbellica dalle risate. Io metto la prima e la macchina si ingolfa, non sono abituato a guidare, e non sono abituato a guidare senza il cambio automatico.

«E quando si è alzato in piedi puntandomi il dito contro come un gangster?»

«Perdere così le staffe per così poco, non mi sarei mai immaginata che dietro a un critico così promettente si nascondesse un uomo volgare.»

Io sì, vorrei dirle, ma non glielo dico. E poi è troppo buffo che abbia detto "perdere le staffe".

«Cosa ti è piaciuto di più della cena?» le chiedo, decelerando nei pressi del semaforo.

«Siccome il pesce non lo mangio mai, direi tutto il resto...»

«Ma la cena *era* a base di pesce...»

Lei scrolla le spalle «Be', a me il pesce non piace... ma, ehi, tranquillo! Era un menù scelto dallo chef, mica l'hai deciso tu!»

Ebbene sì, l'ho scelto io e poi ho pagato uno chef che lo sapesse cucinare. Ma accidenti, a chi non piace il pesce? Capisco i vegetariani, ma non è il suo caso.

Parcheggio sotto casa sua, lei si volta. «È stata davvero una bella serata...» dice entusiasta, ma poi si spegne.

«Ma...» la sprono io.

Il sospiro più lungo del mondo, il suo.

«Ma niente, mi ha ricordato che si è trattato solo di una serata e che da domani tornerò a dipingere i miei quadri nella speranza che qualcuno li apprezzi.»

Spengo il motore dell'auto.

«Se avessi una bacchetta magica, cosa potrebbe renderti felice fare settimana prossima?»

Lei ci pensa su un po'. «Tornare a Bilbao a vedere il museo Guggenheim, il mio preferito...» ride, tra sé e sé.

«Mai visto.»

«È bellissimo, ma se è per questo ho anche altri desideri...»

Ah, ne ha pure altri.

«Gli altri quali sono?» domando, osservando i dettagli del suo viso, illuminato dalla luce calda dei lampioni.

Questa volta ci pensa su un po' di più. «Be', comprare un divano nuovo, obbligare il mio capo a essere più gentile... Chiudere le buche che hanno fatto inciampare mio fratello... pagare qualcuno che faccia le pulizie sul pianerottolo» afferma divertita. «Tu invece cosa faresti?» mi chiede.

«Be'... i tuoi obbiettivi sono così chiari e lampanti che a dir la verità non ne ho idea...»

Mi slaccio la cintura di sicurezza e giro il busto verso di lei, scosto una ciocca di capelli dietro l'orecchio.

«Ma non ci credo nemmeno per sogno, ci sarà pure un obbiettivo, un sogno che hai...» mi dice.

Allungo i piedi e incurvo la schiena. La macchina è scomodissima, ma in compenso c'è un cielo stellato meraviglioso.

«Forse qualcosa, c'è...» ammetto, timidamente, «sarebbe vivere una vita... mia, senza pensare di dover rendere conto a nessun altro. Ecco, questo.»

Lei non dice niente, si limita a sistemarsi una piega del vestito. «Direi che hai ragione, è davvero un bel proposito... impossibile però.»

«Cioè?»

«Siamo fatti per stare insieme alle persone, Lorenzo, dovremo far sempre i conti con qualcun altro. Nessuno vuole stare da solo.»

Forse ha ragione. O forse non conosce la mia famiglia, credo che opterebbe per l'isolamento totale in questo caso.

Irene allunga le braccia verso il cruscotto, si stiracchia. «Vado a dormire, sono proprio stanca...» sbadiglia.

C'è quell'attimo di imbarazzo dove nessuno dei due sa cosa dire.

«Non ti invito a salire, perché ci sono le mie coinquiline» si giustifica poi, e io rido per coprire l'imbarazzo.

«Tranquilla, non voglio invadere la vostra privacy.»

Lei apre la portiera, poi si volta verso di me e, di sorpresa, mi bacia.

«È stata una bella serata» dice, «ma la tua compagnia è stata la cosa che ho apprezzato di più.»

39

Irene

Quando vado a trovare Marco e gli parlo di Lorenzo, lo faccio sempre morire d'invidia, perché lui è bloccato a letto, ancora con la gamba immobilizzata e rigida di gesso, mentre io ogni volta lo sorprendo con una novità insospettabile.

Diciamo che da quando conosco Lorenzo, hanno iniziato a succedermi delle cose piuttosto bizzarre: qualcuno ha sbagliato la spedizione del pacco su Amazon, e mi hanno recapitato un divano nuovo di zecca, senza mai richiederlo indietro. Dopo due settimane io e le mie coinquiline abbiamo fatto il funerale a Carmelo, il nostro divano vecchio, che è stato venduto a una coppia di studenti fuori sede, e l'abbiamo rimpiazzato con Riccardo Scamarcio, il nuovo splendido divano da salotto.

Seconda cosa, il capo della Casa di riposo Fiordaliso

è più gentile, e non me lo sto sognando, giuro che l'altra mattina mi ha pure fatto un mezzo sorriso e mi ha offerto il caffè alla macchinetta (tralasciando il mal di stomaco che mi è venuto dopo).

Poi, qualcuno pulisce tutti i giorni il mio pianerottolo, e noi non abbiamo nessuno che faccia le pulizie condominiali; ne sono certa. Okay, questa cosa vi sembrerà assurda ma lo giuro, mi sembra che ci sia qualcuno che pulisca il mio pianerottolo di nascosto. Lo so, sembro pazza, ma è da qualche giorno che non trovo più le cacche di piccione, e ieri mi è capitato di svegliarmi presto e... c'era questo tizio, con un berretto con la visiera da baseball con una scopa in mano, e quando ha notato che io mi ero accorta di lui è corso via!

Quando l'ho raccontato alle mie coinquiline mi hanno detto che probabilmente stavo ancora sognando, anche se poco dopo loro stesse hanno affermato che il pianerottolo era più pulito del solito.

Ultimo avvenimento strano?

Un tizio ha fatto una donazione al parco dove io e mio fratello andavamo a correre, e hanno ricoperto tutte le dannate buche.

Pensate che sfiga, solo qualche settimana fa Marco non si sarebbe spaccato la gamba.

Comunque, stranezze a parte, io e Lorenzo stiamo continuando a sentirci.

Dopo la cena abbiamo chattato moltissimo per i giorni successivi, finalmente mi ha dato il suo numero WhatsApp e abbiamo smesso di scriverci su Instagram.

Tra l'altro, proprio ieri Lorenzo se n'è venuto fuori con la storia che un suo caro amico che doveva andare a Bilbao con la fidanzata si è lasciato, e quindi gli ha regalato i due biglietti aerei (inoltre ha trovato uno sconto pazzesco per una stanza d'hotel).

Mi è sembrata una coincidenza assurda, se non fosse che la coppia che si è sciolta è proprio quella di Guglielmo e Celestina, i tizi che avevo conosciuto alla cena. Quindi due persone che ho intravisto anch'io, e mi pare strano che Lorenzo si inventi una balla del genere, non mi pare il tipo.... e poi a che scopo?

«Bilbao, eh...» Marco beve un sorso di frullato alla fragola che gli ho preparato poco fa, è piuttosto nervoso in questi giorni, non avrei dovuto aggiungergli così tanto zucchero nella bevanda, si dice renda irrequieti (ce lo diceva sempre mamma da bambini).

Mio fratello però ha più che ragione nell'essere incazzato: ha mandato numerosi CV in giro, ma niente, non l'ha ancora chiamato nessuno. Pensate che fino adesso ha trovato solo offerte di stage (nemmeno pagati) oppure posizioni che richiedevano cinque e passa anni di esperienza nel settore, ma un'età inferiore ai trent'anni, che in pratica è come pretendere di comprare una casa con balcone vista mare, ma pagarla come un garage in provincia.

Marco dice che le aziende ormai fanno così, prendono gente qualificata ma la vogliono giovane, per sottopagarla.

«Quel bastardo del tuo capo non mi ha nemmeno più risposto alla querela, e Daria non mi può più aiutare» commento io, e poi correggo il mio frullato con un po' di vodka che Camilla tiene nascosta dietro alla televisione.

Marco stacca le labbra dal bicchiere, hanno preso il colore delle fragole, un bel rosso acceso. «Gabriele non risponderà mai, è troppo codardo.»

Gabriele, solo il nome mi fa salire il nervoso. Mi immagino un tizio viziato, con l'autista privato, la casa su due piani.

«Marco, vedrai che presto uscirà l'occasione giusta per te. Non sei mica l'unico a essere in questa situazione, tanti perdono il lavoro...»

Marco scuote la testa «E questo dovrebbe aiutarmi? Dirmi che c'è tanta gente nella mia situazione?»

Controllo la porta nella speranza che compaia la sua fidanzata, altrimenti se resto qui un'altra mezz'ora, giuro che le finisco tutta la vodka.

Ma ovviamente Camilla, nel suo giorno libero, se ne sta chiusa in camera a dormire.

Nel frattempo voglio postare qualcosa su Instagram. Salvo una foto panoramica di Bilbao e metto un countdown.

«Quando parti per Bilbao?» mi domanda guardacaso mio fratello, sforzandosi di sorridere.

«Tra due giorni» rispondo, raggiante.

40

Gabriele

Il clima di Bilbao è umido e sa di oceano perché è influenzato dalla Corrente del Golfo, ho fatto bene a portarmi dietro la giacca a vento. Quando ho controllato il meteo, prima della partenza, mi sono chiesto come mai Irene non abbia preferito fare una visita al Louvre, o alla National Gallery, ma abbia optato per il Guggenheim, che si trova appunto nel Nord della Spagna, un luogo che sinceramente conosco poco.

Avrei di gran lunga preferito rivedere Barcellona, passeggiare tra le opere di Gaudí e bere un cocktail fruttato sulla spiaggia, e invece mi tocca la pioggia. Ma dovevo aspettarmelo, Barcellona e Parigi sono cliché, e Irene non è certo una ragazza stereotipata.

«"Calorosa" questa Spagna, non trovi?» le chiedo, non appena scendiamo dall'aereo e la bufera mi sorprende, ma Irene è talmente felice che ignora anche la pioggia, attraversa la pista diretta al ritiro bagagli. Viaggiare in seconda classe è stato piuttosto scomodo, non riesco a capire come abbiano potuto progettare degli aerei per solo bambini: praticamente avevo le ginocchia in bocca talmente ero stretto, e io non sono considerato un tipo alto.

Dopo aver ritirato le nostre valigie usciamo dall'aeroporto, e Irene si avvia verso la stazione degli autobus, senza preoccuparsi di ripararsi la testa dalla pioggia.

Ah, già, l'autobus.

Quasi stavo dimenticando che non devo chiamare un Taxi, o fare una telefonata a Giovanni che mi aspetta. L'autobus lo attendiamo per una ventina di minuti buoni, sotto la pensilina della fermata che è piena di buchi. Irene fa una battuta che non capisco: «Sembra di stare in Italia!». Mi domando se lo abbia detto per il colore dell'autobus, o perché anche in Italia gli autobus sono sempre in ritardo. Che poi, si dice pullman o autobus? Non so la differenza, non ne ho nemmeno mai preso uno, e non meravigliatevi se vi dico così, voi avete mai preso un aereo privato? Immagino di no, ecco fatto.

Comunque, attraversiamo in pullman la città bagnata e grigia, una Spagna diversa dall'immaginario collettivo, ma che in qualche modo mi affascina: palazzi moderni, edifici antichi, parchi.

Arriviamo in hotel, ho prenotato in un tre stelle vicino al fiume, a lei sembra piacere moltissimo, a me manca l'idromassaggio.

In ascensore mi rendo conto che tecnicamente stiamo per entrare in una camera da letto, e questo significa che *dormiremo* insieme senza nemmeno aver mai fatto sesso. E che quindi prima faremo sesso.

Tutto questo mi lascia addosso una strana sensazione, dormire con una persona è forse una delle cose più intime che si possa fare insieme, e noi la stiamo per fare. Stiamo passando dal virtuale al reale, anche se io non ho fatto altro che mentirle.

Quando apro la porta della stanza con la tessera automatica, Irene si lancia sul letto come una bambina. «Scusami, non ti ho chiesto quale lato preferisci...» esclama, ed è davvero troppo contenta.

Ecco la conversazione imbarazzante che mi aspettavo.

«Scegli tu, come preferisci.»

Lei prende il lato destro, io appoggio la valigia accanto al lato sinistro, quello più vicino alla porta.

Poi Irene mi dice che deve andare in bagno a cambiarsi, ha i vestiti bagnati per la pioggia. Io l'aspetto fuori, proprio fuori dalla stanza, intendo. Onde evitare altre scene imbarazzanti.

Non ho preparato nessuna grande sorpresa qui a Bilbao per lei, la sorpresa era il viaggio stesso.

L'unica cosa che mi sono permesso di architettare è la cena di stasera dopo la visita al museo. Siccome i prezzi del ristorante erano molto alti, mi sono inventato che il proprietario del posto è un vecchio amico di Guglielmo, e che quindi ci farà un grande sconto (tanto poi la cena la pagherò io, e lei non si accorgerà di nulla).

«Pronta!» Irene esce dalla porta, con gli abiti caldi e asciutti, ha davvero un buon profumo di ammorbidente.

«Quindi, cosa ti va di fare?»

«Oggi vediamo il museo, domani visitiamo la città?» propongo. Sembra d'accordo.

«Però questa volta niente autobus!» dice, raggiante, e io per un attimo nutro un barlume di speranza verso un taxi. «Prendiamo la metro!» conclude, e io ci rinuncio.

L'ingresso del museo è alquanto strano. Prima di tutto noto un enorme cane composto da centinaia e centinaia di fiori, posizionato proprio davanti all'entrata, e mi chiedo il significato artistico di tutto ciò, perché io non lo comprendo. Ma subito dopo rimango ancora più perplesso: il secondo ospite, che si staglia davanti alla porta del museo, è la scultura di un ragno gigante e minaccioso, Irene mi sprona a passarci sotto, sembra in adorazione.

Non fraintendetemi, ho studiato storia dell'arte contemporanea a scuola, ma questo non significa che io la capisca. Chi cazzo la capisce l'arte contemporanea.

Di colpo ricomincia a piovere.

«Non vedo l'ora di entrare» affermo, e sono sincero.

Seguire Irene dentro al museo si rivela meglio del previsto. In fondo la sua passione influenza un po' anche me, e devo dire che rivaluto la giornata. La seguo lungo la stanza rettangolare, rimbalzando da un quadro all'altro, ed è semplice: lei guarda l'opera, io guardo lei, e rimaniamo così per un po', funziona. Irene mi parla dei dipinti, come se stesse descrivendo il carattere di una persona, con precisione e immensa passione. E anche se fino a poco fa non me ne fregava nulla del quadro che ritrae *l'ala di piccione*, adesso riesco a vederlo attraverso i suoi occhi, e non è più solo un'ala.

Ecco un'altra cosa che mi piace di Irene, vede il mondo attraverso un'altra prospettiva e mi insegna come fare.

Sono così colpito dalla sua passione che per un istante mi dimentico di Marco, della grande bugia che le ho raccontato, e di *La La Land*.

Ma dura poco.

Infatti succede una cosa: in un'ala del museo adibita agli allestimenti temporanei, ci sono diverse foto di nudo artistico, e tra queste riconosco a distanza di più di un metro il seno della mia ex ragazza, una tetta di G. Mi avvicino, scongiurando di essermi sbagliato, che ci sia un'altra donna con la tetta sinistra leggermente più piccola, e una voglia a forma di nuvola sotto quella destra. Non può essere così, impossibile...

Irene mi vede allontanarmi spedito e mi segue.

«Oh, Giulio Monachesi... che strano trovarlo esposto qui!»

Il nome del nuovo ragazzo di G. nelle labbra di Irene uccide ogni mio dubbio. «Già, è davvero strano» sibilo e mi prudono le mani dalla rabbia, perché quella stronza della mia ex mi ha rovinato l'appuntamento con Irene a chilometri e chilometri di distanza dall'Italia, e non mi lascerà stare mai.

«Se le sue opere sono qui, forse anche lui è a Bilbao, no?»

Mi volto, e la mia voce esce come un lamento di dolore: «No... no!».

«Lo so, sarebbe assurdo! Te lo immagini?»

Cazzo se me lo immagino!

Un uomo con la faccia da topo, il sorriso furbo, i capelli tinti. Se è per questo so anche dove abita, quando esattamente ha iniziato a scrivere alla mia ex, in che modo l'ha convinta che io fossi un patetico fallito da lasciare, so che palestra frequenta e anche il modello della sua auto.

Irene si avvicina al quadro, curiosa. «Questa foto in particolare è molto bella, il seno della modella è...»

«Unico» commento io.

Irene si illumina: «Esatto, molto particolare e il fotografo è...».

«Uno spietato bastardo.»

Irene corruga la fronte, spiazzata.

E io so che ora ho due opzioni, dirle finalmente la verità o... «La foto è stata scattata dall'alto, tutte le foto dall'alto schiacciano le forme, il seno sarebbe più armonico ripreso dal basso, risulterebbe forse più pieno... la scelta dell'angolazione dall'alto non le rende assolutamente giustizia» concludo.

Irene rimane stupita, balbetta qualcosa. «Non ci avevo pens...»

«Ovviamente è una scelta voluta, immagino che voglia esprimere il suo dominio sulla donna, che ne esce schiacciata, disarmonica, annichilita, spezzata» concludo.

«È... una magnifica interpretazione... e sì potrebbe essere, Monachesi molto spesso fa fotografia di denuncia, questa potrebbe anche essere una serie di scatti contro il maschilismo...»

Lui è un maschilista in persona anzi, lui è l'emblema del maschilismo. Ripenso all'ultima conversazione con la migliore amica di G. che mi ha raccontato che la mia ex, per uscire con lei, doveva chiedere il permesso a lui.

«Oppure è un maschilista lui stesso… so che le donne nella vita reale non le tratta bene» dico.

«Questo non saprei, ma comunque non sarebbe l'unico artista a non essere proprio un gentiluomo…» Irene sorride, ma siccome io rimango serio aggiunge «Picasso era piuttosto stronzo, dicono…»

«Io so solo che in questo caso non mi piacciono le foto di Giulio Monachesi, e da oggi nemmeno più i quadri di Picasso.»

«Be', ma tu devi giudicare l'arte, non la persona…»

«Giudico entrambe, no?» le dico e poi trasformo la rabbia in spirito di iniziativa. «Senti, ti va di andare a cena?»

Irene fa cenno di sì, ma sembra un po' abbattuta.

Chiedo per un'amica

Ci risiamo, a ogni primo appuntamento si cerca sempre di impressionare l'altro, a volte recitiamo per piacergli, cerchiamo di essere la nostra versione migliore... Ma ne vale la pena? Perché non possiamo essere semplicemente noi stessi? Così eviteremmo le false aspettative, le numerose illusioni.

Io sono così, prendere o lasciare.

41

Gabriele

A cena andiamo nel miglior ristorante di tapas della città, quello in cui lavora “l’amico di Guglielmo”. Ho paura di non riuscirmi a godere la serata, non ce la faccio a togliermi dalla testa la foto del seno di G. e nemmeno la possibilità che Giulio Monachesi sia in città.

Irene intuisce la mia preoccupazione, anche se non sa a cosa è dovuta.

«Sai, io penso che gli spagnoli siano davvero bravi a godersi la vita, e si capisce anche dalle tapas...» prende una bruschetta di polpo e patate con paprica, toglie il polpo, ci strizza su un po’ di limone e la mangia.

Quasi dimenticavo che non le piace il pesce.

«Le tapas non sono che piccoli assaggi di cibo squisito, da gustare un po’ alla volta... la vita andrebbe presa allo stesso modo, a piccoli assaggi da godersi fino in fondo.»

Mi verso un bicchiere di *vino blanco*, e ne bevo un lungo sorso. «Sì, ma a volte io mi sento un po' sopraffatto, ho l'impressione di non riuscire a gestire le cose un po' alla volta… sono sempre troppe e capitano tutte insieme» mi pento subito delle mie parole, perché siamo a cena insieme e questa dovrebbe essere una serata romantica, perlomeno una serata piacevole, e io la sto rovinando, ma a Irene non sembra dare fastidio, anzi…

«Sai, quando io e mio fratello siamo rimasti soli ci si aspettava che lui si prendesse cura di tutto, anche di me, essendo il maggiore… credo abbia provato un po' quello che dici tu, che si fosse sentito sopraffatto dalle cose, dalle responsabilità.» Fa un leggero sorriso. «Ma ce l'ha fatta, anche fin troppo bene… e poi io ho imparato a badare a me stessa e le cose si sono invertite, ora mi prendo io cura di lui. Ma all'inizio non ce l'avrei mai fatta senza il suo appoggio.»

«Tuo fratello ha un carattere più forte del mio.»

Irene scoppia a ridere. «Marco è estremamente sensibile, non puoi immaginare quanto…»

Eppure sul lavoro non sembrava, vorrei dirle. Mi pareva uno di quei tipi arroganti che potevano anche scrivere sulla porta del bagno: "Gabriele sei un fallito".

«Comunque, ciò che sto provando a dirti, è che a volte non ci sentiamo all'altezza dei problemi che dobbiamo affrontare. Ma se io e te siamo qui seduti a questo tavolo a bere vino e mangiare tapas, significa che i nostri problemi fino a oggi li abbiamo gestiti in qualche modo. Le cose passano, si risolvono.»

Le cose passano.

E si risolvono.

Da quando io e G. ci siamo lasciati ne è passato di tempo, eppure io non l'ho mai lasciata del tutto andare via. Parte di me è rimasta legata a lei, con la speranza che i cocci si potessero incollare. Ma adesso, dopo aver visto la foto del suo seno scattata da uno sconosciuto, inizio a convincermi che i pezzi non si aggiusteranno mai, e per la prima volta questo non mi fa soffrire.

«Qualsiasi cosa stai pensando, vedrai che si risolverà» aggiunge, allungando la mano sul tavolo per sfiorare la mia. Irene sembra molto sicura, e io decido di assaggiare una fetta di tortilla.

«Non preoccuparti, ho già risolto» commento, con il tovagliolo davanti alla bocca.

Lei molla la mia mano, allunga la forchetta e ne assaggia un pezzo: «A me il formaggio non piace tanto».

E ti pareva, piace moltissimo a me.

Scoppio a ridere senza che lei ne capisca il motivo, e il mio malumore scivola via, perché anche se io e Irene abbiamo sempre meno cose in comune, sento che lei mi capisce.

«Perché stai ridendo?» mi dice, sorpresa, ma divertita.

«Perché sei bellissima» rispondo, e questa volta sono io a stringerle la mano forte.

«E la cosa ti fa ridere?» alza un sopracciglio.

«Sì, perché sono molto felice, e sto pensando che tutti questi stupidi problemi che mi sono portato dietro, fino a ora, sono inutili… e tutto grazie a te.»

Le sue guance prendono fuoco. «Pensa un po' se non ci fossero stati i social, io e te non ci saremmo mai incontrati» aggiunge, assaggiando un grissino, per sdrammatizzare.

«È vero, Instagram, anche se io non apprezzo più di tanto i social… credo che allontanino un po' dalla realtà.»

«Sì, hai ragione, dal mio profilo Instagram sembra che io sia fissata con l'arte e nient'altro!» esclama, scuotendo la testa.

«Be', ma tu sei fissata con il tuo profilo Instagram e nient'altro…» la prendo in giro io, divertito. «Smettila, guarda qui…» mi dice, prendendo il cellulare e mostrandomi le sue foto. «Sembra che nella vita non faccia altro che dipingere e sorridere. La verità è che da quando insegno alla casa di riposo dipingo pochissimo, e non sorrido mica così tanto. Poi ovviamente ho altri interessi che dal mio profilo non si capiscono, e i miei difetti sono ben nascosti… Tu?»

Be', il mio profilo è totalmente fake, non mi chiamo nemmeno Lorenzo. D'un tratto ho una morsa allo stomaco, vorrei tanto dirle la verità, provarci almeno.

«Irene, senti, volevo dirtelo da un po', la verità è che il mio profilo non mi rappresenta, non sono chi dico di essere...»

Lei annuisce. «Lo so.»

Spalanco gli occhi. «Come lo sai?»

Irene mi sorride. «Ho capito che l'arte non ti interessa poi così tanto come pensavo, e che Bilbao forse non sarebbe stata la tua prima scelta come meta turistica, ma, ehi, va benissimo così! Anzi, mi piaci ancora di più.» Poi alza il calice. «Facciamo un brindisi alla vita vera.»

Alzo anch'io il calice, e per un attimo penso di raccontarle tutto: delle bugie che le ho detto, del mio profilo inventato. Ma dopo il suo intervento non ci riesco. E mi dico che io in questo momento mi sento sincero, nell'essere qui con lei mi sento me stesso. E poi ho paura di perderla.

Brindiamo.

Ordiniamo altro vino, mangiamo il dolce. Lei si congratula dicendo che il mio amico Guglielmo ci ha consigliati bene. Insiste per dividere il conto. Io glielo vieto. Usciamo dal ristorante, questa volta non prendiamo né il pullman né la metro, camminiamo. E Bilbao di notte sembra un'altra città, io e lei di notte, sembriamo altre persone, una di quelle coppie che si tengono per mano mentre costeggiano il fiume.

Arriviamo in hotel, prendiamo l'ascensore in silenzio, entriamo in stanza, e senza che ci sia bisogno di nascondere l'imbarazzo dietro a parole inutili, facciamo l'amore.

Partiamo da un bacio sulle labbra, ancora dolce di vino, e poi ci cerchiamo sotto ai vestiti, scopriamo strati di pelle e ci guardiamo per la prima volta, senza addosso niente, senza filtri o scudi.

Siamo noi stessi e basta.

Irene spegne la luce, io la riaccendo. Voglio guardarla tutta, convincerla che sia perfetta.

Le sfilo il reggiseno, con delicatezza, lei si appoggia contro al mio petto. Sento il suo calore, mi arriva fino al cuore.

E sto bene, davvero.

E anche se il mio cellulare si illumina, e io scorgo un messaggio di Elisabetta, non gli do peso.

Perché lei, anche se è più vicina ai miei interessi, è molto lontana.

Mentre Irene la sento vicina, così vicina al mio cuore.

E l'effetto che mi fa è così potente.

Non ho ancora nemmeno fumato una sigaretta.

42

Gabriele

Due settimane dopo...

Dopo essere tornato dalla Spagna non ho più sentito nessuno, a parte nonno Saverio. Sono andato a trovarlo qualche giorno fa, nella sua villa, e seduto sulla solita vecchia poltrona di velluto gli ho raccontato tutta la storia: di Irene, della vacanza, di quanto io sia innamorato di lei. Nonno è stato molto chiaro, si è acceso un sigaro e quando l'odore dolciastro ha riempito la stanza, mi ha detto una cosa che non mi scorderò mai: «Gabriele, amare qualcuno significa rendersi conto che tutto il resto non ha importanza. Se tu vuoi essere amato devi dirle la verità, e devi smetterla di mentirle. I grandi gesti che hai compiuto fin a ora non saranno mai abbastanza grandi da compensare tutte le tue bugie, e le stesse menzogne prima o poi ti soffocheranno. Pensaci bene, e fatti consigliare dai tuoi amici stretti, non ascoltare solo la tua di voce, chiedi, domanda, mettiti in gioco sempre».

Dopo il dialogo con Saverio mi sono preso del tempo per me, per ripensare a tutto quello che mi è successo con Irene fino a oggi, e ho preso una decisione seria e definitiva, le voglio dire la verità. Sono sicuro si arrabbierà moltissimo, ma sento in cuor mio che se sarò io a dirle tutto lei mi perdonerà, prima o poi, o almeno lo spero.

Mi serve qualche giorno per organizzare bene il tutto. Voglio cercare di farle meno male possibile. Per questo, come dice nonno, ho bisogno del consiglio dei miei amici stretti: Lorenzo, Aisha, mia sorella, zia Franci e, perché no, Simone.

Il primo che sento è Lorenzo, e ci metto un po' a organizzare il nostro incontro, perché il mio amico non mi risponde ai messaggi da giorni, mi ha scritto che ha avuto un brutto weekend, che mi avrebbe spiegato a voce.

Mi faccio accompagnare da Giovanni nel parcheggio dell'ospedale, la comodità dei sedili della sua auto mi è mancata moltissimo.

Mi accendo una sigaretta, anche se ho drasticamente ridotto il numero ultimamente. Arriviamo puntuali. Lorenzo mi attende già nel parcheggio, ha due occhiaie profonde e il camice stropicciato, sembra che abbia dormito rannicchiato su una sedia per tutta la notte.

«Ma che ti succede?»

Lui mi si avvicina con un sorriso tiratissimo. «Ciao Gabri...» poi aggrotta la fronte, «ma non sei abbronzato...»

Perché se dici a qualcuno "vado in Spagna", la gente si aspetta che tu debba tornare abbronzatissimo.

«No, ha piovuto due giorni...» gli metto una mano su una spalla. «Ma ehi, tu stai proprio uno schifo» gli dico, scrutando le pesanti borse sotto gli occhi.

Lorenzo non prova a giustificarsi, si appoggia con il fianco alla macchina di Giovanni che lo riprende immediatamente. Il mio migliore amico chiede scusa, poi si rivolge a me. «Ho dormito in ospedale due giorni nella stanza del caffè, non sapevo dove altro andare... tu eri preso dalle tue cose con Irene...»

Un sospetto agghiacciante. «Non dirmi che...»

Lorenzo si strofina un occhio lucido. «Aisha e io ci siamo lasciati, per davvero» aggiunge, schiarendosi la voce bassa, e a me non torna qualcosa.

«Ma se siete una coppia perfetta... se andava tutto benissimo... se...»

«Eravamo, vorrai dire. Ho fatto una cazzata.»

Lorenzo fa sempre un sacco di cazzate, è una persona imprevedibile, ma Aisha è abituata ormai, e sa benissimo che genere di uomo si è portata in casa, uno che ti dice vado a fare la spesa e torna con un cucciolo di Border Collie per te, per esempio (è successo davvero, lei è impazzita siccome avevano appena ammobiliato casa e spesso avevano come ospite il gatto della madre, alla fine l'hanno regalato a un'amica in comune che ha un bel giardino).

«È arrivata la risposta dell'assistente sociale...»

Okay, fin qui ci siamo, il bambino.

«E niente, è un maschio.»

«Ma è un'ottima notizia! No?» Sto per abbracciarlo, ma mi ferma. Lorenzo fa una pausa. «Il fatto è che il bambino è bianco.»

Non rispondo, alzo un sopracciglio.

«E noi siamo una coppia di colore Gabriele, come possiamo adottare un bambino bianco?»

È davvero la notizia più spiazzante che mi sia capitata, non avevo assolutamente dato per scontato una cosa simile. Cerco di recuperare. «Lorenzo, tu a tua volta sei stato adottato, no? I tuoi stessi genitori sono bianchi...»

Lui scuote la testa vigorosamente. «È esattamente quello che mi ha detto Aisha, ma è diverso, cazzo, come fate a non capirlo? Un bambino nero adottato da una coppia di bianchi è una cosa normale, un bambino bianco adottato da una coppia di neri... ma sai la gente quanto lo bullizzerà? Già l'adozione non è una passeggiata, e credimi io ci sono passato, vuoi mettere in un caso come questo?»

Nemmeno Giovanni, che finge di non ascoltarci, ma di solito interviene, questa volta sa cosa dire.

«Lorenzo, io non sono stato adottato quindi magari non posso capire... ma credo che comunque si tratti di un bambino, di un essere umano, che ha solo bisogno di amore.»

«Sembra di sentir parlare Aisha, cazzo...» ripete, sbattendo le mani sui jeans.

«Okay, ho capito, non vuoi il bambino, e Aisha non l'ha presa bene.» Ora torna tutto, purtroppo.

«Aisha dice che abbiamo già atteso troppo questo bambino, e se non lo adottiamo adesso passerà troppo tempo prima che ci saranno altre opportunità...»

«Ha ragione» sospiro.

«Lo so che ha ragione, ma io non cambio idea» scuote la testa, senza speranze.

«L'unica cosa che posso fare, è offrirti un posto dove dormire» gli dico, amareggiato.

Lorenzo annuisce, serio, distrutto. «Ti ringrazio.» Si soffia il naso, poi aggiunge: «La tua vacanza?»

«È andata bene» evito di dirgli delle foto di Giulio al museo, dell'amore che ho fatto con Irene, e del messaggio di Elisabetta che ho ricevuto in hotel, e che mi chiedeva se mi andava di cenare insieme. Non voglio rovesciargli addosso una valanga di cazzi miei non richiesta.

«Prima o poi dovrai dirle la verità, lo sai?»

«Lo so. Lo sto per fare.»

«Fallo prima che sia troppo tardi, mi raccomando.»

«È già troppo tardi, ma lo farò presto, volevo giusto la tua benedizione dopo quella di nonno Saverio» gli rispondo. Lui annuisce serio, guarda l'orologio che ha al polso.

«Devo tornare al lavoro.»

«Ti aspetto per cena?»

Alza un braccio, mi fa cenno di sì. Guardo il mio migliore amico allontanarsi, e mi sento la persona più impotente del mondo.

Scrivo subito un messaggio a Irene, mi capita sempre così: quando le coppie si lasciano nei film o nella vita reale divento subito preoccupato per la mia situazione.

"Tutto okay? Che fai?"

Rimango a guardare le due spunte grigie, nella speranza che si illuminino di blu.

Ma non accade nulla.

Allora chiamo Aisha.

«Ciao... Lorenzo mi ha detto tutto, quando possiamo parlare?»

43

Irene

Sono felice, come non lo ero da tanto, tantissimo tempo, perché mi sento capita. Finalmente ho trovato qualcuno che mi accetta per quello che sono, che non mi vuole diversa, che non ha aspettative su di me ma che si fida dei miei sogni. E ho detto poco!

Finisco la mia lezione nella Casa di riposo Fiordaliso, e sono soddisfatta dei quadri dei miei amati vecchietti, oggi ho fatto lezione sul romanticismo di William Turner e sono usciti fuori dei dipinti interessanti, per di più il mio capo mi ha salutato ben due volte con un sorriso! Incredibile come il suo atteggiamento sia cambiato di colpo.

Sto per prendere il pullman per tornare a casa, ma mi arriva un messaggio WhatsApp di Daria in cui mi dice che lei ed Elena non saranno a casa prima delle dieci, l'una perché è ancora in ufficio, l'altra perché ha lezione fino a tardi anche stasera.

Faccio un lungo respiro e mi guardo attorno, la fermata dell'autobus è affollata, la brezza primaverile mi accarezza i capelli. Io non ho nessuna voglia di tornare a casa, da sola. Estraggo il cellulare dalla borsa, Lorenzo non lo sento da ieri mattina, mi ha detto che è un po' incasinato sul lavoro, sta facendo dei turni folli, e gli serve del tempo per darmi una grande notizia, non ho idea di cosa si tratti… e non voglio aspettare. Ma se gli facessi una sorpresa in ospedale? Oso troppo? Ma d'altra parte so che a lui le sorprese piacciono molto!

D'istinto attraverso la strada, mi dirigo verso l'altra fermata, quella che va in direzione opposta, verso l'ospedale, decisa a presentarmi lì senza preavviso… alla peggio non lo troverò lì, pazienza.

L'autobus che va verso l'ospedale è mezzo vuoto, mi siedo non lontano dal posto dell'autista, indosso le cuffiette e metto un po' di musica su Spotify, mi godo il paesaggio con la colonna sonora in sottofondo. E anche se la strada è tutta uguale, con la musica, ora l'orizzonte sembra prendere colore. Canto tra me e me, non me ne frega niente del giudizio degli altri, sono solo felice.

Alla fermata scendo per un pelo, ero così distratta che me la stavo perdendo. Attraverso il parcheggio, e mi precipito verso l'ingresso. Non so bene dove trovarlo, ma sono sicura che se chiedo di Lorenzo De Riso, qualcuno saprà rispondermi. Vago per un po' per il corridoio, sperando di incontrarlo, finisco davanti alla sala d'aspetto. C'è una donna seduta da sola, con una birra in mano, beve in silenzio. Non sembra molto affidabile, ma decido di fare un tentativo...

«Mi scusi, il dottor Lorenzo De Riso opera qui, giusto?»

Lei alza lo sguardo su di me, appoggia la birra, e mi sorride. «Ma certo, è un mio ex collega.»

Okay, forse ho intercettato la persona sbagliata, dubito che si tratti di un suo ex collega... non perché io sia piena di pregiudizi, anzi ma...

«Eccolo lì!» la donna indica un uomo di colore in camice bianco, che si dirige verso di noi, ha uno sguardo molto triste e il volto stanco.

Come non detto, questa donna è inaffidabile, come pensavo.

«Lorenzo, come va oggi? Ancora depresso per la fidanzata?» lo prende in giro lei, e io sto per andarmene, ma l'uomo le risponde.

«Quando finisco il turno, se mi lasci un po' di birra non la rifiuto...» le dice, con un'ironia amara. E io a questo punto, così per caso, sbircio il nome sul suo camice, e mi si ferma il sangue: Lorenzo De Riso.

Penso a uno scherzo, penso a una coincidenza, poi non so più cosa pensare.

«Mi scusi, lei è il dottor Lorenzo De Riso?» Domando, e ora che ci penso, io quest'uomo l'ho già visto da qualche parte, ma non ricordo dove.

Lui strizza gli occhi per guardarmi meglio, è come se anche lui non riuscisse a mettermi bene a fuoco...

«Sì... ma lei... chi è?» mi risponde a monosillabe, poi il suo volto viene attraversato da terrore puro. «Scusi, lei è Irene? No... non sono io... cioè questo camice l'ho rubato a un collega...»

La donna che beve la birra inizia a ridere, io non capisco cosa stia succedendo.

«Dottor De Riso, mi scusi...» si intromette un suo collega in camice bianco, che non ha sentito la nostra conversazione. Io arretro, confusa, spaventata.

Lui mi si avvicina. «Irene, per favore, perdonalo, lui l'ha fatto per te... lui ti ama molto.»

Sento il mio cuore battere forte, sempre più forte, fino a coprire ogni altra voce, ogni altro rumore nella stanza. Ecco dove l'ho già visto, al Cenacolo quella sera con Lorenzo.

«Vai a fidarti degli amici...» sento sussurrare la donna, ma la sua voce mi arriva ovattata, distante.

Mi volto, corro fuori, lontano, e anche se il vero Lorenzo mi chiama per nome non mi volto più.

44

Gabriele

Qualche ora prima...

Raji ha preso un aereo dalla Cina, e sarà in Italia tra qualche giorno. Lucrezia è raggiante, così felice che non la smette di sorridere da stamattina. Dopo il lavoro sono d'accordo con lei di passare da mia zia Franci insieme ad Aisha, ci aiuterà nei preparativi della cena che vuole organizzare per presentare Raji alla famiglia. Lorenzo oggi è di turno in ospedale tutto il giorno, ma comunque lui e Aisha non si sarebbero mai presentati insieme dopo il litigio, purtroppo. E quindi forse meglio così, anche perché ho intenzione di parlare con Aisha e chiederle un suo parere su come dire la verità a Irene, oltre che tentare di aiutarla con Lorenzo.

La casa di zia Franci è a Milano, così Giovanni ci lascia direttamente davanti al palazzo, un eccentrico trilocale in zona Garibaldi, una di quelle che preferisco. Zia Franci abita al secondo piano, quindi non chiamiamo nemmeno l'ascensore, saliamo a piedi le scale tutti in fila indiana. Aisha è sempre bella, perfettamente truccata e precisa, ma nel suo sguardo si capisce che si è rotto qualcosa. Mia sorella, invece, è così ubriaca di felicità che oggi ha messo pure in mostra il pancione con una maglietta aderente.

«Ma buongiorno, angeli!» Zia Franci ci apre la porta, ha una bandana attorno alla fronte, un abito lungo, e sia lei sia la casa odorano di incenso appena acceso. Io faccio abbastanza fatica a sopportare i profumi forti, per questo adoro quello di Irene, la sua pelle ha un odore unico.

«Come state? Fatevi abbracciare...»

Bacio zia Franci sulla guancia, Lucrezia invece la stringe in un abbraccio caloroso, Aisha si limita a sfiorarle un polso.

«Ahi, ahi, ahi... qui qualcuno è un po' giù, vero?» zia Franci scuote la testa, mentre Aisha alza le spalle con un sorriso teso. «Non fate caso a me...»

Entriamo nel salotto luminoso, ci adagiamo sulle poltrone, mentre mia zia ci prepara un tè.

«Queste sono le tovaglie?» domanda mia sorella, accarezzando dei tessuti.

«Esatto!» esclama la zia, dall'altra stanza, che con

tutti i suoi viaggi in giro per il mondo è diventata davvero un'esperta nello scegliere la seta.

«E anche le proposte per il menù non sembrano male...» sbircio un notes su cui sono appuntate alcune ricette. Zia Franci fa capolino dalla cucina con un vassoio colmo di tazze da tè.

In quel momento suona il campanello.

«*Darling*, riesci a sentire chi è?»

Mi alzo in piedi, e vado a rispondere al citofono.

«Gabriele, sei tu?» è la voce di Lorenzo, è in affanno. Mi mordo l'interno delle guance per scaricare la tensione.

«Lorenzo, senti... so che qui c'è Aisha.... Ma non è il momento per parlarle... c'è mia sorella e stiamo scegliendo...»

«Non è per Aisha, devo parlare con te. Non mi rispondevi al cellulare, ho chiamato a casa tua e tua madre mi ha detto che...» Intanto che Lorenzo parla, controllo il mio cellulare, ci sono quindici chiamate senza risposta. Quindici. Che cazzo sta succedendo?

«Stai bene?» domando, con voce bassa.

«Ti devo parlare, fammi salire.»

Apro il cancello. Mi volto verso il salotto.

«Chi è?» cinguetta zia Franci.

Trattengo il fiato, guardo Aisha. «È Lorenzo, ma è qui per me.»

La mia amica non fa nemmeno in tempo a ribattere qualcosa, che Lorenzo è già sulla soglia della porta. Lo faccio entrare, la "sua ex" lo fulmina con lo sguardo.

«Senti… non so come dirtelo» appoggia le mani alle ginocchia e riprende fiato.

«Ma dirmi cosa? Lorenzo, per favore, mi sto preoccupando!»

Lui si raddrizza, mi guarda come se stesse per spararmi un colpo di pistola. «Gabri… Irene è passata in ospedale, io… ero troppo sconvolto per Aisha…» Lei abbassa lo sguardo. «Insomma, non l'ho riconosciuta, Gabri, e lei ha visto il nome sulla targhetta, ha capito tutto… o meglio ha capito che tu le hai mentito… non so cos'altro abbia…»

Le gambe mi diventano molli improvvisamente, come se si stessero sciogliendo. Mi manca la saliva, la mia bocca è asciutta.

«Cosa… ma che dici, Lorenzo?» Non ci credo. Ricontrollo il cellulare, ma non c'è nessun messaggio di Irene.

La chiamo, ma mi attacca il telefono in faccia.

«Che cazzo hai fatto Lorenzo…» sono una maschera di rabbia.

Lui arretra, alza le mani. «Mi dispiace, mi sono distratto, ero a pezzi…»

Gli altri si sollevano dalle poltrone e ci raggiungono.

Io lo inchiodo contro l'angolo della stanza. «Ti ho fatto vedere le foto di Irene cento volte! Possibile che sei sempre preso dai cazzi tuoi?»

Lui deglutisce, inerme. «Gabri...»

«Gabriele, ma che cazzo dici? È il tuo migliore amico e si è appena lasciato con la sua ragazza, come puoi aggredirlo così?» Aisha lo difende.

«Forse perché mi ha appena rovinato la vita...»

Aisha scuote la testa. «Te la sei rovinata da solo la vita, sei tu che gli hai mentito mica lui.»

«Ehi, ragazzi, diamoci una calmata...» Zia Franci si mette in mezzo.

Lucrezia le mette una mano sulla spalla. «Stanne fuori zia, devono risolvere loro...»

Lorenzo continua a scuotere la testa. «Mi dispiace, non sai quanto mi dispiace...»

Lo ignoro, recupero la mia giacca dal divano ed esco di casa.

Devo raggiungere Irene, subito.

Chiamo Giovanni, mi faccio portare immediatamente sotto casa sua. La strada è vuota e per fortuna arriviamo in fretta. Sto lì una mezz'ora buona ad attenderla, lei non risponde al citofono.

Dopo un po' mi arriva un suo messaggio: "Non so chi sei, né quale sia il tuo vero nome... sono un po' spaventata".

Non avrei voluto farlo in questo modo, ma non ho scelta: “Irene, il mio nome è Gabriele Borghetti, sono l’ex capo di tuo fratello. Dopo averlo licenziato mi sono sentito molto in colpa, per questo sono finito sul suo profilo Instagram e poi sul tuo. Non avevo assolutamente idea di provarci con te, lo giuro, è avvenuto tutto in modo naturale. Ti prego, mi costa tantissimo dirtelo, perché mi sento un ipocrita, ma riuscirai a perdonarmi?”

Chiedo per un'amica

Quanto costa essere se stessi? TANTO. Cerchiamo sempre di ottenere ciò che non abbiamo: capelli lunghi, o di un altro colore, un naso più dritto, più forme nei punti giusti, un fisico più tonico, una personalità più loquace e più intraprendente.

Concentrati su quello che sei invece, è molto di più di quello che pensi, ed è ciò che ti rende unica.

45

Gabriele

Una settimana dopo…

Il silenzio è il suono più forte del mondo, e si fa sentire prepotentemente nella mia testa. Di Irene ancora non c'è traccia da giorni, né un messaggio, né una storia su Instagram (credo me le abbia oscurate, a questo punto), e io aspetto. Qualche mattina fa sono passato sotto casa sua, le finestre erano aperte, ho intravisto il soffitto del suo salone, e ho pensato che probabilmente casa sua non la vedrò mai, come un sacco di altre cose che la riguardano.

Ieri, però, c'è stato un segnale da parte di suo fratello. Me l'ha detto Simone che lo segue sui social, e mi ha fatto sapere che Marco ha fatto una storia su Instagram alludendo al fatto che: "Le persone false e ipocrite sono spesso quelle che hanno posizioni di potere elevate (politici, capi di aziende...) mentre la gente onesta deve stare un gradino sotto". Mi sembra che il messaggio sia stato abbastanza chiaro, e il riferimento pure.

Mi alzo dal letto, questa settimana mi sono trascinato al lavoro senza alcuna energia. Oggi proprio mi sento ancora più a pezzi del solito, è come se dovessi portare il mio corpo in giro, senza alcuno scopo. Vorrei tanto potermi sciogliere al sole come un gelato, scomparire. Ma stasera c'è la cena in onore di Raji, organizzata a casa di zia Franci, e devo resistere almeno fino al dolce.

Giovanni mi attende fuori lungo il vialetto di casa. Sono le otto e mezza del mattino, e io sono stanco come se fossero le due di notte. Salgo sull'auto e mi allaccio la cintura, chiudo gli occhi, mentre Giovanni mette su un po' di musica. Parte una canzone di Ed Sheeran che mi fa in due pezzi il cuore. Riapro gli occhi, guardo fuori dal finestrino il paesaggio, le case di provincia, il fioraio, il giornalaio e...

«Ferma l'auto!»

Giovanni pianta una frenata, allarmato. Apro la portiera, mi catapulto fuori dall'auto. «Ehi!» quasi le piombo addosso. Lei ha un sussulto per lo spavento, forse all'inizio nemmeno mi mette a fuoco bene, poi esclama: «Gabriele, ciao! Ma che sorpresa».

Sorrido a Elisabetta, e mi ricompongo. «Sì, scusami per l'agguato, in effetti sono stato un po' indelicato...»

Lei mi offre un sorriso leggero, stringe forte il guinzaglio, sta portando a spasso un volpino grazioso.

«Scusami se non ti ho mai più risposto, sono stato un po' uno stronzo con più di una persona ultimamente... perdonami.»

Lei inclina il collo di lato, i capelli castani, stretti in una coda alta, ciondolano. «Non preoccuparti, ma... tutto bene? Ti vedo un po'...»

«Sto malissimo, per una ragazza.» Non le mento, non voglio più mentire. Lei alza un sopracciglio, si mordicchia un labbro. Non so se l'ho ferita.

«Senti, ti va un caffè? O devi scappare al lavoro?»

Scuoto la testa «No, sono il capo privilegiato, posso fare un po' quello che mi pare... solo un attimo...» Elisabetta ride, in realtà la mia non era una battuta. Faccio segno a Giovanni di tornare a casa, proseguirò poi a piedi.

Facciamo due passi a piedi e ci sediamo in un bar all'aperto, poco distante dal centro. Ordino due caffè, ma lei mi corregge e prende un tè con una fetta di limone. Afferro una bustina di zucchero di canna.

«Parlami di questa ragazza...»

«Irene» le dico, e il suo nome sulle mie labbra fa uno strano effetto, ora che lei non c'è più.

Elisabetta accavalla le gambe sotto al tavolo, il cane si siede. «Ti ascolto.»

Le dico tutto, di Marco, del licenziamento, dei social, della mia falsa identità e del profilo Instagram inventato. Lei ascolta tutto, non mi interrompe mai, non fa nessuna espressione di rimprovero, è paziente. Intanto arrivano il tè e il caffè e io lo finisco in un sorso, mi accendo una sigaretta. «... E quindi lei ha scoperto tutto, ma non da me, avrei voluto che le cose andassero diversamente.»

Elisabetta beve un altro sorso di tè. «Come?»

Faccio un lungo inspiro. «Ho fatto di tutto per piacerle, ma ho anche avuto l'impressione che i momenti in cui eravamo più connessi, sono stati quelli in cui il cellulare era spento, i social lontani, e io ero me stesso. Sono stato me stesso con lei, più di quanto lo sia stato con qualsiasi altra persona.»

Offro una sigaretta a Elisabetta, ricordandomi che anche lei come me fuma molto. Ma Elisabetta la rifiuta.

«Hai smesso?»

Lei si schiarisce la voce. «Veramente, non ho mai fumato.»

La guardo confuso, che abbia capito male? Eppure ricordo...

«Tua madre mi ha parlato tanto di te, e molto bene. Io volevo piacerti... quindi ho studiato un po' i tuoi social e le tue abitudini, ma poi mi sono resa conto che le cose non avrebbero funzionato comunque, anche se teoricamente eravamo compatibili su un sacco di cose, non c'era chimica.»

Mi brucio le dita con il mozzicone della sigaretta, che non ho ancora spento, e si è consumato.

«Ma che stai dicendo?»

Lei arrossisce un filo, incrocia le braccia al petto. «In un certo senso ho fatto quello che hai fatto tu con Irene... okay, non ho cambiato nome, ma odio il tennis, non fumo, non mi piace la torta al cioccolato e pere... non sono grandi menzogne ma, sai, lo fanno un po' tutti, diventare compatibili con il profilo Instagram di chi ci piace...»

La studio, attento. «Eppure tra noi non ha funzionato...»

Lei fa una mezza smorfia. «Perché la verità è che avere gli stessi interessi serve, ma non basta. E la chimica che c'è tra due persone non può essere generata da nessun social network.»

«Io non ti piaccio?»

Lei si stringe sulle spalle. «Mi piaceva il Gabriele professionale, sportivo, colto del tuo profilo Instagram... ma così, su due piedi, anche se mi dico che io e te potremmo essere perfetti insieme... non so, manca qualcosa.»

Mi alzo in piedi, mi avvicino a lei e... l'abbraccio. «Elisabetta, grazie.»

Lei scoppia a ridere. «Nessuno è mai stato così felice di ricevere un due di picche!»

Questa volta rido anch'io, e mi sento più leggero. «Devo andare...»

Lei mi guarda negli occhi, finisce con un sorso di bere il suo tè. Annuisco. «Lo so.»

46

Gabriele

Sono sotto casa sua, e questa volta non me ne vado finché non si decide a parlarmi. Suono il campanello, so che il martedì ha lezione sul tardi, quindi potrebbe essere a casa. Non risponde nessuno, mi siedo davanti alla porta d'ingresso e accendo una sigaretta, aspetto. Avverto sensazioni contrastanti, la testa piena di pensieri, lo stomaco vuoto, è un contrasto strano. Aspetto un'ora e mezza, poi avverto il click della porta e qualcuno che dall'interno la apre. Spero così tanto che sia lei, che quando vedo il volto di Irene quasi non ci credo.

«Quante ore hai intenzione di stare sotto casa mia?» la sua voce è ferma, assente.

Mi alzo in piedi, spengo l'ennesima sigaretta. «Devo parlarti, prima che tu decida di non vedermi più.»

Lei distoglie lo sguardo. «Guarda che io ho già deciso da un po'.»

Sto per replicare, ma la finestra del suo appartamento si apre, si affaccia Marco, mi guarda torvo. «Se c'è qualche problema Ire, io sono qui, eh...» lo dice per far sapere a me che, anche se ha la gamba rotta, se solo provo a sfiorarla scende di sotto e mi spezza le ossa.

«È tutto okay...» gli risponde lei. Marco annuisce poco convinto, fissando me.

«Ciao Marco...» tento un saluto gentile, lui mi chiude in faccia la finestra senza rispondermi.

«Dicevi? Ho poco tempo...» Incrocia le braccia al petto, e noto che su una mano c'è una traccia di colore: un blu notte scuro. Deve aver dipinto molto.

«Tu pensi che io mi sia inventato tutto, non è vero. Ho finto solo su alcune cose superficiali...»

Lei mi interrompe con una risata sarcastica «Tipo? Il tuo nome? O il fatto che sei l'ex capo di mio fratello...»

Sfilo dal pacchetto un'altra sigaretta, la stringo tra le labbra. «Non intendevo questo, intendevo...»

«Dammi una sigaretta.»

«Ma tu non fumi...»

Lei mi prende il pacchetto dalle mani. «Sono nervosa, okay?»

Le presto l'accendino, lei avvicina la fiamma alla punta della sigaretta, ispira, e tossisce.

«Ascolta Irene, quello che c'è stato tra noi è stato reale... le nostre conversazioni a Bilbao, l'intesa che c'è stata durante… io provo qualcosa per te, e in questo non mento.»

Irene, questa volta, non ispira il fumo. «Sei stato tu a organizzare l'evento con De Benedetti? E il divano nuovo che mi è arrivato a casa…. E… hai per caso parlato con il mio capo alla casa di riposo?»

«Ho fatto tutto io, ma perché speravo di renderti felice…»

Lei scuote la testa con un colpo di tosse, e poi spegne la sigaretta. «Io non lo metto in dubbio… ma… io non ti conosco Lor… Gabriele, per me sono regali da uno sconosciuto, hai provato a comprarmi.»

Le sfioro un braccio, lei lo ritrae. «Non sono uno sconosciuto, Irene, sono io. Ho solo un altro nome, ma… che cos'è un nome? Che differenza fa?»

Lei deglutisce, i suoi occhi si fanno opachi. «Mi spiace, ma tutto quello che so di te è che sei l'ex capo di mio fratello, che lo hai licenziato, e che hai ferito anche me. Non credo di voler sapere altro, e se ci tieni così tanto a me come dici, lasciami perdere, per favore.»

«Ma come puoi non renderti conto che è stato reale…»

«E tu come puoi non renderti conto che non lo è stato?» Guarda con la coda dell'occhio la finestra, dove Marco, dietro la tenda, spia la scena. «Devo rientrare, ti saluto Gabriele.»

Mi dà le spalle, se ne va.

47

Gabriele

Vago per la città senza una meta, chiamo Simone, gli dico che non riesco a venire a lavoro oggi, mi sento poco bene. Con tono severo mi risponde che forse dovrei chiedere aiuto, parlarne con un amico. Ma io non ho voglia di confidarmi con nessuno, inoltre con Lorenzo che è uno dei miei amici più stretti, non parlo da giorni, e Aisha, nonostante sarà presente alla cena di stasera, non si è più fatta sentire dopo la mia sfuriata dell'altro giorno.

Prendo una via laterale e guardo i negozi, vestiti che non mi interessano, soprammobili di cui non ho bisogno. Non vengo a passeggiare qui quasi mai, forse per il semplice fatto che non ho bisogno di niente, ci pensano gli altri a procurarmi le cose che mi servono.

«Gabriele...?» una voce incerta mi sorprende alle spalle, dietro la vetrina di un negozio d'antiquariato.

Mi volto molto lentamente, perché temo di vedere... Giulia Castellari, o semplicemente lei, G.

«Che ci fai da queste parti?» un sorriso appena accennato, si è schiarita i capelli, forse li ha anche tagliati. Sul viso ha un trucco leggero, un rossetto prugna che non le ho mai visto.

«Un giro...» la mia voce trema un poco. Possibile che oggi continuo a incontrare persone per strada? Prima Elisabetta, adesso... lei.

Quanto tempo è passato dall'ultima volta che l'ho vista? Anni? Sicuramente sì.

«Ti vedo... bene» dice, ma so che mente. Sto uno schifo. Ma anche lei sembra stanca e abbattuta.

«Anche tu.»

«Mi sono lasciata con Giulio, in realtà.»

Giulio e Giulia, la coppia che nella mia mente era paragonabile a quella di Chiara e Fedez, da copertina, si è sfaldata. Provo emozioni contrastanti, euforia, tristezza, disinteresse, rivincita... tutte insieme.

«Mi spiace.»

«Eravamo troppo... simili.»

Scoppio a ridere, anche se è palesemente inopportuno. «Scusami... è che... no, non fa niente.» Vorrei dirle di Irene, di quanto siamo diversi, ma non mi sembra assolutamente il caso.

«No figurati, effettivamente è strano quando due persone hanno così tanto in comune eppure non funziona.» Giulia, vista così, mi fa un effetto diverso ora. Come se la vedessi attraverso un'altra prospettiva, giù dal piedistallo.

«Credo che occorra essere uguali nelle cose che contano davvero, Giulia, le scelte di vita, le prospettive, il resto conta poco.»

Lei stringe la tracolla della borsa. «Parli come se tu questa persona l'avessi trovata...»

«In effetti è così.»

Mi sorride, ma non sono convinto sia felice davvero per me, con i propri ex si genera un rapporto strano, o si odiano o gli si vuole bene a piccole dosi, e mai quando sono più felici di noi.

In lontananza vedo l'auto di Giovanni, gli ho scritto poco fa di venirmi a prendere.

«Mi spiace ma ti devo salutare, è arrivato...»

«Giovanni» dice lei, come per dimostrarmi che non ha dimenticato la mia vita. La macchina blu accosta, apro la portiera.

«Stammi bene.»

«Anche tu.»

La cena a casa di zia Franci è immacolata, si vede che Aisha ci ha messo lo zampino per trovare i tovaglioli coordinati ai piatti, e ha anche pensato alle candele dal profumo giusto (delicato e non ingombrante). Lucrezia, invece, si è occupata del menù: oltre alle opzioni vegetariane proposte dalla zia ci sono anche dei piatti raffinati a base di pesce fresco, che mi fanno pensare a Irene, la quale non apprezzerebbe per niente.

Raji è molto diverso da come me lo ero immaginato, non è uno di quei classici tipi palestrati che attirano tantissimo mia sorella, quelli più innamorati di se stessi che di lei (i classici maschi alfa che si guardano allo specchio durante il sesso). Quando mi sono presentato a Raji, prima, intanto che Lucrezia sistemava le ultime cose, lui mi ha restituito una stretta di mano timida e cordiale. Inoltre, non ho potuto fare a meno di notarlo, si è portato dietro un libro! Se penso agli ex di mia sorella, se mai, loro i libri li usavano per fare sollevamento pesi.

Prendo posto vicino a zia Franci, davanti a me c'è Aisha che mi ha salutato a stento, Lorenzo non è neanche venuto, le cose tra noi non si sono ancora sistemate.

Avrei volentieri evitato questa cena, se non fosse stato per Lucrezia, che ci tiene davvero a presentare Raji a tutti noi, e farlo entrare in famiglia (al di là dell'approvazione o meno di mamma e papà).

A proposito, i miei genitori non sono ancora arrivati, e presto scopriranno che Raji non è propriamente "americano" come forse si aspettavano.

Il campanello suona, è nonno Saverio, avvolto nel suo solito completo elegante gessato, prende posto accanto a me.

«La tua bella?» mi domanda, leggendo il dispiacere sul mio viso.

«Se n'è andata...» confesso sottovoce. Lui non chiede altro.

Il campanello suona di nuovo, e sono loro, mamma e papà. Sento i loro passi salire le scale, mia sorella stringe la mano di Raji, forte, noi tutti guardiamo verso la porta, tratteniamo il fiato.

«Sorpresa! *Surprise!*» grida mia madre, mostrando un enorme mazzo di fiori colorati, mentre papà studia Raji dalla soglia della porta. Quando anche mamma abbassa il mazzo e lo vede, il tempo si ferma per un istante.

Lucrezia gli si avvicina, sempre tenendo la mano di Raji stretta. «Mamma, papà, questo è Raji Kumar... il mio fidanzato.»

Raji si inchina, giungendo le mani in preghiera. Mamma e papà sono paralizzati, come se fossero pezzi del museo delle cere. Dopo un lungo silenzio papà chiede: «Kumar? *Quel* Kumar...».

«La sua famiglia è famosa nel settore tecnologico,

è possibile che ne abbiate sentito parlare... ci siamo conosciuti in università...»

«Ma certo... non ci ho mai avuto a che fare ma credo di aver letto un'intervista di suo padre sul giornale...» papà non finisce la frase, mamma gli afferra il braccio. «Capisce l'italiano?» chiede poi a mia sorella, in un sussurro. Lucrezia fa segno di no con la testa. Allora mamma tutta tronfia esclama: «Sono molto ricchi, Fortunato?».

Papà fa segno di sì con la testa: «Direi proprio di sì...».

Mamma allunga la mano al povero Raji e gliela stringe forte.

«Quindi, ho la vostra benedizione?» chiede Lucrezia, incredula.

«Hai la nostra approvazione!» esclama mia madre.

E per me è la morale della storia: mamma e papà, davanti ai soldi, non capiscono più nulla. Ma meglio così per tutti. No?

«Quindi dipende tutto dai soldi per voi, non è così?» mi intrometto io, e so che dovrei starmene zitto ma non ce la faccio più.

«Gabriele, hai una brutta cera, meglio che ti siedi e mangi una tartina al salmone...» mia madre mi ignora come al solito, convinta di potermi controllare a suo piacimento.

«No, no, no... questa volta non mi siedo, anzi» con fare dimostrativo mi metto al centro della stanza. Lucrezia mi prende un braccio. «Ti prego Gabri, non ora...».

«Ci tengo moltissimo a mia sorella, e sono felice per la sua relazione con Raji... puoi tradurre zia Franci?» le chiedo, perché il povero Raji sembra in difficoltà, lei ubbidisce.

«Ma sono anni che cerco di uscire con ragazze che mi piacciono, e non mi viene mai dato il permesso. Adesso, Lucrezia ne trova uno che non apprezzereste mai, e solo perché ha un po' di soldi in banca cambiate idea suoi vostri princìpi?»

«Non è colpa dei tuoi se Irene ti ha lasciato, Gabriele...» mi ferisce Aisha.

«Sì, invece, anche, Aisha.»

«Chi è Irene?» domanda mia madre, spaesata.

«La ragazza che mi stava facendo cambiare vita, e ho fatto scappare.»

«E cosa centriamo noi?» domanda mio padre, con il suo solito tono pacato.

E io sento che è arrivato il momento: «Io non voglio più essere la persona che volete che sia, voglio sbagliare, cadere ma per mia scelta. Questa è l'ultima settimana in ufficio, mi licenzio, e mi trasferisco».

Zia Franci traduce tutto in inglese a Raji che mi

guarda senza capire niente, e mia sorella sa benissimo cosa sto per aggiungere…

«Lucrezia se n'è andata, ha fatto la sua vita, io sono rimasto e ho dovuto subire le vostre aspettative, le vostre angosce. È il momento che anch'io mi faccia una mia vita.»

Le candele tremolano sulla tavola imbandita, i tovagliolo piegati a forma di cigno sembrano guardarmi nella penombra, l'antipasto di pesce freddo attende di essere mangiato.

«Scusate, ho rovinato la cena.»

Prendo la giacca, la infilo, mi dirigo verso la porta, nessuno mi ferma. Quello che sento ora, da parte degli altri non è rabbia, è tristezza.

48

Irene

«Fermo così, immobile!»

Marco sbuffa e si gratta la schiena. «Ma come faccio, Ire! È pieno di zanzare qui dentro, mi prude il collo!»

Mollo il pennello, e sbuffo. «Sei a casa mia da tre giorni, ti sto nutrendo, aiutando a lavarti, facendo da cameriera... una cosa ti ho chiesto, ed è stare fermo. Possibile che tu non ci riesca?»

Marco si alza in piedi, arranca con la gamba ingessata fino al mio frigorifero. «Non credevo l'avrei mai detto ma... da quando ti sei lasciata con Gabriele sei diventata più acida, ti preferivo prima.»

Afferro il pennello e lo stringo forte, in un impeto di rabbia glielo tiro dietro. «Non è vero! E non stavamo insieme.»

Marco si massaggia il braccio su cui si è schiantato il pennello. «Sei diventata matta...»

Sospiro. «Scusa Marco, non volevo... è solo che... insomma ti ho detto mille volte di non parlarmi più di Gabriele, è passato un mese ma la ferita è ancora aperta.»

Lui prende la bottiglia di Coca-Cola dal frigo e inizia a bere a collo. «Lo so, lo so.»

Do un'occhiata al disegno adagiato sulla scrivania, è un ritratto che ho fatto a Marco, ma non mi convince per niente, quando sono triste mi sento anche incapace.

«Ti lascio a casa da solo, vado a fare due passi ma torno presto... poi alle otto viene a riprenderti Camilla, no?»

«No!»

«Come no?»

Marco mi punta la bottiglia di Coca-Cola addosso. «Cioè, sì, ma devi restare.»

Lo guardo intensamente, che cosa significa? «Marco...» In quel momento il campanello suona.

Che diavolo sta combinando mio fratello?

«Chi è?» domando.

Una voce sconosciuta risponde. «Noi!»

«Noi chi?» chiedo, infastidita.

«Apri e basta, Irene.» Non ho mai sentito mio fratello così deciso in vita sua. Apro.

Dopo pochi minuti mi trovo davanti quattro persone che non ho mai visto in vita mia, aspetta... due forse sì! È il vero medico dell'ospedale, e c'è anche la sua fidanzata che avevo conosciuto alla festa... non ricordo il nome ma a questo punto temo sia inventato.

«E voi chi siete?»

Loro mi guardano, c'è anche una ragazza visibilmente incinta, mai vista prima d'ora, ha gli stessi occhi di Gabriele; poi c'è un tizio che penso provenga dall'India.

«Allora?» Domando al "vero medico" Lorenzo.

«Siamo tante cose ma... più di tutto siamo gli amici stretti di Gabriele» mi risponde.

E io mi volto verso mio fratello. «Perché mi stai facendo questo?»

Marco si è aperto un pacchetto di biscotti, e mentre ero impegnata con gli altri se ne sta mangiando uno dietro l'altro e bofonchia: «Perché il mio ex capo è un idiota, ma non voglio avere una sorella depressa...».

Mi volto di nuovo verso gli "amici stretti" di Gabriele. «Scusate se Marco vi ha fatto perdere tempo, ma io non tornerò da Gabriele, nemmeno lo conosco...»

«Siamo qui per questo» mi dice la donna incinta, con un sorriso.

Alzo un sopracciglio, lei recupera: «Nemmeno io voglio un fratello depresso, e non voglio perderlo...».

«Che significa?» domando.

Mi risponde il vero medico. «Gabriele ha litigato

con tutti noi, si è licenziato e ha cambiato casa... non lo sentiamo da un po'.»

«E voi... cosa volete?»

Quella che sembra la fidanzata del medico, capelli lunghi e ricci, mi sorride: «A volte i litigi sono utili... Gabriele inconsapevolmente ci ha aiutati a capire quanto siamo uniti... e noi abbiamo deciso di adottare un bambino».

Non capisco.

«Io invece ho compreso solo ora quanto sia stata dura per mio fratello restare qui da solo con i miei genitori, mentre io ho potuto fare la mia vita... e trovare Raji.»

Sono ancora più confusa.

Okay, adesso qualcuno o mi spiega o...

«È vero, tu dici di non conoscerlo, ma noi ti chiediamo di dargli una possibilità, di provare a conoscerlo» continua Lorenzo.

«E come?» chiedo, incrociando le braccia al petto. «Ormai è troppo tardi...»

Tutti mi guardano abbattuti.

Nessuno dice più niente.

Poi, d'un tratto, il ragazzo indiano dice qualcosa di incomprensibile, non ne sono sicura, ma giurerei che sia in cinese... La sorella di Gabriele ascolta, e gli occhi le si illuminano.

«Raji ha avuto un'idea!»

Lui annuisce e mi sorride.

«Dice che non esiste un modo per conoscere a fondo una persona, che gli esseri umani sono più complicati delle definizioni che gli attribuiamo... ma in India c'è un detto che dice che se vuoi guardare nel cuore di qualcuno, basta fargli un ritratto...» mi sorride. «Tu sei una pittrice, dovresti provare a dipingere Gabriele, non ci hai mai provato?»

Guardo la sorella di Gabriele negli occhi. «Scusatemi, ma adesso ho delle cose da fare, vi chiedo gentilmente di andarvene.»

Loro abbassano la testa delusi, ma nessuno prova più a insistere. Devo essere stata abbastanza convincente.

Aspetto che la stanza si svuoti, poi richiudo la porta con un doppio giro di chiave.

Mi rivolgo a Marco. «Sei uno stronzo, adesso sto anche peggio di prima.»

Lui mi si avvicina zoppicando. «Ehi, mi dispiace... a me avevano solo detto che avevano bisogno di parlarti... non sapevo del disegno, credevo avessero un piano migliore.»

Scuoto la testa. «Lascia perdere, senti, vado un po' nella mia stanza... ho bisogno di stare sola, ma tra poco arriva Daria dal lavoro, ti assiste lei.»

«Non preoccuparti, me la caverò in salotto... ma ehi, Ire...»

Mi volto.

«Quella cosa del disegno... provaci...»

Chiedo per un'amica

La realtà è la più bella delle fantasie, quello che viviamo arriva dritto al cuore e non se ne va più, non dura solo 24 ore come una storia Instagram, rimane lì per sempre, conservato con gelosia e vissuto con amore.

49

Gabriele

Ho un appartamento mio, un bilocale a Monza solo per me. All'inizio credevo che avrei sofferto molto chiuso in due stanze, che mi sarei sentito in gabbia. La verità è che non mi sono mai sentito così libero in vita mia, ora ho la mia vita in mano, e anche se sto ancora decidendo cosa farne, mi sembra finalmente di possederla.

Ho fatto un po' di colloqui a Milano, c'è una startup che si occupa di consulenza finanziaria per investimenti a cinque stelle, cercano qualcuno che contatti i clienti e li convinca a sceglierli. Io credo di saperci fare con i ricchi, di saperli prendere. E sarebbe divertente vederli da fuori, fare finta di non farne parte, sentirsi giudicato, ma in un altro modo per una volta.

Sistemo le buste della spesa sul tavolo, mi piace moltissimo andare al supermercato, scegliere cosa acquistare. A volte passo delle mezz'ore a leggere tutti gli ingredienti dentro agli yogurt, li confronto, capisco che non sempre i migliori sono quelli dal prezzo più alto. Vi sembrerà stupido, ma è una lezione di vita per me.

La vita stessa è una lezione.

I miei amici mi sono vicini, e questa è la cosa che conta più di tutte. A Lorenzo ho chiesto scusa, più volte. Alla fine lui e Aisha hanno adottato il bambino, è un maschietto bianco di sette mesi, Lorenzo dice che ha gli stessi occhi di lei. Come si è convinto? Quando mi ha visto a pezzi per Irene si è fermato a pensare, ha capito che nonostante da bambino avessi tutto quello che occorre per crescere felice, poi sono diventato un adulto triste. Ha capito che, forse, la perfezione non fa parte di questo mondo, e allora viva la diversità.

Lucrezia mi ha chiesto scusa, anche se non ce n'era bisogno. Lei ha semplicemente fatto quello che avrei dovuto fare io anni fa.

Mamma e papà invece, si sono ritrovati con una villa tutta per loro.

Il cellulare sul tavolo vibra, c'è una notifica su Instagram. Ormai lo uso raramente, mi sto disintossicando dai social.

Prendo il cellulare, è una richiesta di follow sul mio

vero profilo. La pagina che mi chiede di seguirmi si chiama…*RicominciamoDaCapo?*

Credo che sia uno di quei bot che ogni tanto cercano di seguirmi, inutilmente.

Vado sulla pagina, ha solo dieci follower e un solo post.

Un bot, come pensavo.

Ma poi il post attira la mia attenzione, è un ritratto… un ritratto che mi assomiglia molto.

Lo apro.

Aspetta, sono io? Leggo la didascalia, è una citazione da *Romeo e Giulietta*:

Prendi un altro nome. Che cos'è un nome? Quella che chiamiamo "rosa" anche con un altro nome avrebbe il suo profumo. Rinuncia al tuo nome, Romeo, e per quel nome che non è parte di te, prendi me stessa.

Riseguo la pagina, confuso, e proprio in quel momento il mio cellulare squilla.

«Irene?»

«Scendi!»

«Dove? Io non abito più…»

«Lo so, lo so… i tuoi amici stretti mi hanno detto tutto. Sono sotto la tua casa nuova, vieni?»

Ancora con il telefono all'orecchio scosto una tenda, e la vedo. Allora apro la porta e prendo le scale, quasi di corsa. Me la trovo davanti.

È bella come al solito, forse la distanza l'ha resa ancora più straordinaria.

«Ciao.»

«Ciao... ma cosa succede?»

Lei mi sorride. «Piacere, Irene. Tu sei...?»

Mi porge la mano, gliela stringo. «Gabriele... piacere...»

A quel punto lei apre la borsa, tira fuori il dipinto che mi ha fatto su un foglio, me lo porge. «Ti ho fatto un ritratto, non mi ero accorta che avessi il collo così grosso, è sinonimo di forza... e i tuoi occhi sono di un colore strano, tra il marrone e il verde... sarei curiosa di sapere se cambiano con la luce...»

Ascolto Irene parlare e capisco. Ci sono diversi finali con cui concludere una storia. Quello che cerchiamo disperatamente è il lieto fine, e quando non lo otteniamo, riscriviamo la storia da capo, ancora, e ancora, e ancora.

Irene sta riscrivendo la nostra storia.

E io sono pronto a ricominciare.

Finito di stampare nel mese di giugno 2021
presso ELCOGRAF S.p.A., Stabilimento – Verona
Printed in Italy